もしも願いが叶うなら、もう一度だけきみに逢いたくて。

miNato

カバーイラスト／ピスタ
装丁／齋藤知恵子（sacco）

大好きだった
大切だった
きみがいればそれだけでよかった
きみの笑顔が見られるなら
なんだっていい
「ごめん、別れよう」
好きだからあきらめたくなかった
手離したくなかった
だけど
真剣なきみの顔を見ていたら
引き止めることなんてできなかった
「わかった……」
泣くのをこらえて
震える声で精いっぱいの強がり
ほんとはイヤだよ
行かないで
ずっとそばにいて
言えなかった言葉をグッとのみこみ

きみの背中を見送った
その背中が震えていたことに
気づけなかった
追いかけて抱きしめることができたなら
なにかが変わっていたのかな

プロローグ

「んっ」

重いまぶたを上げてうっすら目を開けると、窓から差しこむ太陽の光があたりを照らした。

体にふれるシーツの感触《かんしょく》と無機質《むきしつ》な白い部屋の中。

どうやらあたしは眠っていたみたい。

だけど、ここはどこだろう？

まっ白な天井と淡いピンク色のカーテン。

狭《せま》い個室のような部屋は、明らかに見覚えのない場所だ。

身体を動かそうとしてみても、全身が痛くて、まるで金縛《かなしば》りにでもあったかのように動かない。

ふと腕《うで》に違和感《いわかん》を覚えて、目だけであたりを見回すと、点滴《てんてき》のパックが棒《ぼう》につられているのが見えた。さらには消毒液の独特な匂いまでして、ピッピッという電子音も聞こえる。

ここは病院……？

不思議に思いながら、なんとか起きあがろうとして身体に力を入れる。すると、突然部屋のドアが開いた。

「おーい、今日も来たぞ～！　元気か？　いい加減起きろよ～！」

のんきな声とともに、ノックもせずに無遠慮《ぶえんりょ》に開かれたドア。

あたしは身体を起こすことができず、ベッドに横たわったままの姿で固まる。

誰……？

入ってきたのは、見覚えのないパッと見はやんちゃ風の男の子。

「ウソだろ、おい」

男の子はなぜか、あたしを見て目を見開いた。

そして、信じられないものでも見るかのように、口をパクパクさせて声にならない声をだしている。

「だ、誰……？」

なに？

なんでそんなにビックリしてるの？

っていうか、いきなり入ってこられてこっちのほうがビックリなんですけど！

「目が……覚めたのか？」

「え？」

「やっと……目が、覚めたんだな」

男の子はあたしの質問に答えることなく、なぜか目をうるませた。

そしてあたしの手を取り、キツく握りしめる。

青を基調としたタータンチェックのズボンを腰《こし》ではいて、カッターシャツのすそはだらしなくだしている。髪の毛を茶色く染めて、ちょっと派手な感じのその男の子には、まったく見覚えがない。

っていうか、ほんとに誰？

知り合いだっけ？

こんな友達いたかな？

疑問《ぎもん》に思いつつも、「よかった」と何度もうわごとのように繰《く》り返し、赤い目をこする男の子を見ていると、なにも言えなくなった。

「マジで……よかった」

あたしが目覚めたことを自分のことのようによろこんでくれているみたいだ。

少なくとも、この男の子はあたしのことを知ってるってことだよね。

「あ、あの……あなたは誰ですか？」

「え？」

男の子の大きな目が再び見開かれる。

明らかにビックリしている様子。

「俺のこと、覚えてねーの？」

キョトンとした表情で顔をのぞきこまれた。

二重のラインがキレイで、猫のように大きなその瞳。

顔の輪郭《りんかく》がシャープで鼻筋の通った端正《たんせい》な顔立ち。

右耳についた輪っかのピアスと、無造作にセットされた茶色い髪の毛。

遠目からでも、至近距離で見ても、彼はかなりのイケメンだ。

となると、やっぱりますます見覚えはない。

「まったく……覚えてないです」

すみません。

はっきり言うのは失礼かもしれないと思ったけど、ウソはつけない。

知らないものは知らないんだ。

「は？　え、マジ？」

「は、はい」

「マジで……マジで俺のこと覚えてねーの？」

「えっと、だから、はい。すみません」

ほんとに覚えてないんです。

知らないんです。

というよりも──。

あたしは……誰？

ここはどこなの？

今の状況が全然わからないし、なにも思い出せない。

「マジ、か……つーか、目が覚めたことを知らせねーと！　俺、ちょっと先生呼んでくる！」

男の子は慌ただしく部屋を飛びだしていった。

先生……？

ここはやっぱり病院なの？

さっきの男の子の様子からすると、どうやらあたしは長い間ずっと眠っていたみたいだし。

どうして……？

あたしは一体何者なの？

考えようとしてみたけど、脳がそれを拒否しているかのように頭に強い痛みが走った。

ズキンズキンと激しく痛む。

「……っ」

思わず頭を抱えてしまうほどで、だんだんとめまいもしてきた。

ダメだ。

なにも……なにも思い出せない。

「これは一種の記憶喪失《きおくそうしつ》ですね」

さっきの男の子と一緒にバタバタと血相を変えて飛んできた先生は、診察《しんさつ》を終えてそう口にした。名前や年齢、生年月日、血液型、自分についていろいろと質問をされたけど、あたしは答えられずにいた。なにも思い出せなかった。

予想どおりここは病院で、いつのまにかあたしは四人の大人たちに囲まれている。

だけど、その誰にも見覚えはない。

「記憶……喪失？」

ウソ、でしょ。

あたしが？

そんなの、信じられないよ。

でも、なにも思い出せないことを考えたら納得せざるをえない。

知らない大人や男の子に囲まれている今の状況は、不安な気持ちをあおるものでしかなかった。

そもそも、あたしは何者なんだろう。

「せ、先生。娘の記憶は戻りますよね？　私たちのことをちゃんと……ちゃんと思い出しますよね？」

大人たちのなかにパパとママだという人がいるけど、やっぱりそのふたりにさえも見覚えがなくて。パパはさわやかで涼《すず》しげなキリッとした顔立ち、ママはおっとりとした優しそうな人というのが最初の印象だ。

部屋の中は重い空気に包まれていた。

「先生……っどうなんですか？」

あたしのママだという人が、涙目で先生に訴えている。

「まだなんとも言えません。ふとした時に思い出すこともあるかもしれないし、最悪の場合は一生このままということもありえます」

「そ、そんな……っ」

「とにかく今は、目が覚めただけでも奇跡《きせき》としか言いようがありません」

目が覚めただけでも、奇跡……。

あたし、そんなに危ない状態だったの？

先生の話によると、どうやら交通事故に遭《あ》って生死をさまよったということだった。

頭からの出血量が多くてショック状態におちいったけど、一命は取りとめた。奇跡的に身体には大きな外傷はない。そのかわり、頭を強く打ったせいで、記憶を失ってしまったというのが、私の身に起きた現実。

「本当によかった。那知《なち》が目を覚ましてくれて。よくがんばったな」

あたしのパパだという人が、優しく頭をなでながら微笑んだ。

その目にはうっすらと涙がにじんでいる。

心配させてしまっていることがひしひしと伝わってきて、申し訳なく思えた。

桐生《きりゅう》那知、十六歳、高校一年生。

血液型はA型で、両親と弟の四人暮らし。

地元で有名な進学校に通っていて、一学期の終業式の日に交通事故に遭って意識を失い、十日間ずっと眠りっぱなしだったらしい。

「で、俺は那知の幼なじみの稲葉《いなば》小鉄《こてつ》。家が隣同士で家族ぐるみの仲ってやつ。那知とは幼稚園から小・中・高と一緒で、今は同じクラス」

大人たちがいなくなった病室で、さっきの男の子が自己紹介をしながら、あたしとどういう関係なのかを教えてくれた。

「稲葉、くん」

あたしの幼なじみか。

同じ高校で、しかも同じクラス。

「うっわ、稲葉くんとか。やめろよ、気持ちわりーな」

「え？　じゃあ、小鉄くん？」

「那知にくん付けされるとか、ありえねーわ」

「じゃあ……小鉄？」

「こてっちゃん」

「え？」

「那知は俺のことをそう呼んでた」

こてっちゃん……。

そんなふうに呼んでたんだ。

なんだか全然実感がない。

まるであたしの知らない、もうひとりのあたしがいるみたい。

「じゃあ、こてっちゃんって呼ぶね」

こてっちゃんにあたしのことをいろいろ教えてもらったけど、どれもしっくりこなくて。

まるで別の誰かの話を聞いているみたいだった。

「ちゃんと思い出せるかな。早く記憶を取り戻したい」

「ま、そんな焦って思い出す必要ねーよ。俺は……那知が生きててくれただけで、よかったと思ってる」

鼻をすすりながら、こてっちゃんは小さく笑った。

「……ありがとう」

でもね、なんでだろう。

心にぽっかり穴が空いてるような、そんな気がするのは。

胸の奥からわきあがってくるような不思議な感覚。どうしようもなく苦しくて、寂しさが心に広がっていく。

この気持ちはなんなのかな。

From*1

懐かしい存在

目が覚めてから一週間の入院で、あたしは無事に退院の日を迎えた。

記憶を失っていること以外は、今のところ大きな後遺症《こういしょう》はみられず、小さなすり傷が数カ所残っている程度。日常生活に支障《ししょう》はないだろうということで、生死をさまよったにもかかわらず、異例の早さでの退院だった。

「那知、気をつけてね」

「あ、はーい、行ってきます」

玄関先でパパとママに見送られて家を出る。

パパは医者で、ママはろう学校の先生をしていて、耳が聞こえない子どもたちに手話で勉強を教えているらしい。そして、実はパパも耳が聞こえないのだ。ある程度は、口の動きから言葉を読み取れるらしいけど、長い会話となるとむずかしいらしく、たまにママや弟と手話で会話をしていることがある。

あたしも手話ができるらしいけど、残念ながら記憶から抜け落ちてしまっていてサッパリわからない。小学校五年生の弟がパパとママの会話をこっそり教えてくれるから助かっている。弟の名前は琉音《るおと》。パパに似てとてもしっかりしている。顔もパパ似で目鼻立ちがくっきりしたかわいらしい顔立ち。

まだ慣れない見知らぬ家族との生活にぎこちなさを感じるけど、みんなはこんなあたしにとても優しくしてくれる。

みんなのためにも早く記憶を取り戻して、安心させてあげたい。

そんな思いが日に日に大きくなっていた。


——ミーンミンミンミンミン。

あちこちでセミが鳴いているのを、ぼんやりとしたまま聞く。

今日はまだ記憶が戻らないあたしのことを心配してくれているこてっちゃんが、近所や思い出の場所を案内してくれることになっている。

だんだんとわかってきたことだけど、こてっちゃんはどうやら人のことを世話するのが好きみたい。

入院中も毎日のようにお見舞いに来てくれていたし、あたしを励ましてくれた。

ノリがよくてお調子者でいい加減なところもあるけど、記憶が戻らずにわからないことだらけで戸惑うあたしにこてっちゃんの存在は大きくて。

すごく助けられたんだ。

「よっ!」

ポンと肩を叩《たた》かれ振り返る。

そこには笑顔のこてっちゃんと、隣には見覚えのない女の子がいた。

ストレートの黒髪が特徴的でスタイル抜群。さらには小顔で目が大きく、鼻と唇はちょこんとのっている。バッチリメイクをしているけど、ハデではなく、清楚《せいそ》な感じの美人さんだ。

「なーちー！　退院したってなんで教えてくれなかったのー？」

え？

「意識が戻ったって聞いて、いてても立ってもいられなかったんだからね！」

「百沢《ももさわ》、那知がビビッてるだろ」

「あ、ごめん。つい、いつものノリで言っちゃった。あたしのこともわからないんだよね？」

戸惑いながらも小さくうなずいてみせる。

「百沢柚葉《ゆずは》だよ。那知とは中一の体育祭の時に、二人三脚のペアになって、一緒に練習するうちに仲良くなったの。今では、親友だよ」

「親友……？　あたしと、あなたみたいな美人さんが？」

「やだ、那知ってば！　美人さんだって、あはは」

百沢さんはお腹を抱えてケラケラ笑った。

彼女のことも思い出せないけど、私に素を見せてくれているような感じがする。

サバサバしていて、裏表がない性格っぽい。

直感的になんだか仲良くなれそうだなって思った。

「那知、気をつけろよ。百沢はこう見えて結構毒舌《どくぜつ》だからな」

「ちょっと！　ヘンなこと言わないでよ～！　稲葉くんだって女たらしじゃん！　那知、気をつけなよー！」

「はぁ？　そんなんじゃねーし。俺は……那知だけに優しくするって決めてんだよ」

「なにそれー！　よけいにアヤしいから」

「百沢には関係ねーだろ」

膨《ふく》れっ面《つら》で百沢さんに言い返すこてっちゃんは、なんだか子どもみたい。

「なによ、その言い草は～！　那知、ほんとに気をつけなよ。調子いいこと言ってるけど、実は稲葉くんには彼女が何人もいて……」

「いねーよ、ヘンなこと言ってんじゃねーって」

「ふーんだ。でも、女たらしなのはほんとでしょ？」

百沢さんもこてっちゃんに負けていない。

「だから、そんなんじゃねーって！」

「ウソ。この前お嬢様学校の女の子と歩いてたじゃん！」

「あ、あれは……たまたまだよ、たまたま！」

「たまたま？　アヤしいなぁ」

「ぷっ、あはは」

まるで小学生みたいなふたりのやり取りを見てたら、思わず笑いがこみあげてきた。

「ケンカはダメだよ！」

ふたりのことをほとんどなにも思い出せないのに、ずっと前から一緒にいたような懐かしい感覚だけはあった。

心がちゃんと覚えているのかな。

「「な、那知が……笑った！」」

さっきまで言いあいをしていたはずのふたりが仲良く声をそろえた。

目をパチクリさせている様子までもが一緒。

「なんでそんなにビックリしてるの？　あたしだって笑うこともありますよ！」

まるで過去のあたしが笑わない子だったみたいじゃん。

「い、いや、あの……そういうわけじゃ……。那知の笑顔を久しぶりに見たから、ビックリして。な、なぁ、百沢」

「あ、うん。そうだね……でも、ほんとに、よかった……っ」

百沢さんは今度は目をまっ赤にして泣きだした。

「那知が……目を覚ましてくれて……よかった。もし、ずっと目を覚まさなかったらって考えたら……こわくて……っ！　でも、よかったよぉ……っ」

まるで自分のことのように親身になって泣いてくれる優しい親友。

ポロポロ涙を流す百沢さんを見ていたら、なんだかあたしまで目がうるんだ。

「ちょ、ちょっと〜、……なんで那知まで泣いてんのぉ……」

「わ、わかんないけど……なんだか、涙が……っ」

「ぷっ、あはっ。那知ってば……涙もろいところは一緒だね〜！　変わってない……那知は那知だよ。あたしの大好きな那知のままだよ」

「あたしは……あたしのまま？」

「うん……っ！　全然変わってない」

「……っ」

ほんとはずっと不安だった。

記憶を失って、知らない人たちに囲まれての生活が始まって。

見知らぬ家。

知らない場所。

見慣れない風景。

戸惑《とまど》っていたあたしに、優しい親友の言葉はスーッと胸に溶けこんだ。

あたしはあたし。

このままでいいんだ。

「俺も百沢も、ずっと那知の味方だからな……っ！」

「えへへ……あり、がと」

ふたりがいてくれるだけで、なんだかがんばれそうな気がするよ。

記憶を失ってツラいけど、前を向いて進んでいこう。

早く以前のあたしに戻れるように。

「さぁ、じゃあ地元案内といきますか！」

「ち、百沢も行くのかよ」

「当たり前でしょ～！　稲葉くんに那知を独り占めさせるわけないし」

「ちっ」

「那知、行こ～！」

「うん！」

それから三人でいろんなところに行った。

三人そろって通っていた地元の中学校、寄り道の定番だった思い出のコンビニ、駅前のゲーセン、ショッピングセンター、図書館、あたしが入院していた隣町の大学病院。

思い出の場所をめぐったけど、結局、意識が戻ってから見た風景や大学病院くらいにしか見覚えはなくて、もしかしたら記憶を取り戻せるかもしれないという淡い期待は徐々に消えていった。

八月初旬。

今年の夏は猛暑らしく、暑くて少し動いただけでも汗をかく。

今日みたいなかんかん照りの日はとくにツラい。

「久しぶりに体力使ったなー」

「ねー、暑い～！」

近所のスーパーで買ったアイスを食べながら、並んで歩く。

「俺、部活に戻れる自信ねー」

「こてっちゃん、部活やってるの？」

「おう。サッカーやってる」

「サッカー……？」

——ドクンドクン。

なぜか、鼓動が激しく脈打つ。

「まぁでも、真剣にやってたのは中学までだけどな。今はユーレイ部員ってやつ」

「やってたやってた！　よく那知と稲葉くんの応援しにいったんだよー。去年の夏休みとか、懐かしいなぁ。あれから一年かぁ」

「だな。おまえらふたり、声がでかくていっつも目立ってたもんな」

ふたりは懐かしむように笑った。

だけどあたしの鼓動は高まったまま鎮《しず》まる気配はない。

サッカー……。

どうしてこんなに引っかかるの？

「那知？　どうしたの？」

「え？」

「なんかボーッとしてない？」

「あ……うん、サッカーっていうワードが妙《みょう》に引っかかって」

「え……？　ほんとに？　なにか思い出した？」

「ううん、なにも。でも、なんか気になって……。あたし、サッカーが好きだったのかな？」

「え……あ、えっと。それは」

焦ったような表情を見せ、気まずそうに目をそらして下を向く百沢さん。

「なんも……ねーよ。俺がやってたからだろ？　那知はよく俺の応援に来てたし、それで気になったんじゃねーの？」

こてっちゃんは真顔で、けれど、なにかを隠すようにつらつらと言葉を並べる。

ふたりともウソがヘタだね。

なにかを隠そうとしているのが丸わかりだよ。

「ねぇ、教えて？　少しでも自分のことを思い出したいの」

なにもかも忘れてしまった空っぽのあたしはイヤだ。

少しでも思い出せるきっかけになるなら、どんなことでも知りたい。

みんなのためにも、記憶を取り戻したい。

「なんもないって言ってんだろ。疲れたからそろそろ帰るぞ」

「そうだよ、那知。今日はもう帰ろう？」

示し合わせたかのように、ふたりはそそくさと来た道を戻りはじめた。

「ちょ、ふたりとも」

待ってよ！

追いかけて何度も問いつめたけど、ふたりはかたくなに、なにもないと言いはった。

そんな態度を取られたらよけいに気になって、真相を確かめずにはいられない。

気になったらまい進するタイプ。

今日あたしは新たな自分の一面を知った。


次の日の朝、セミの鳴き声で目が覚めた。

家の裏には鬱蒼《うっそう》とした木々が育つ公園があって、そこからセミの大合唱が聞こえる。

夏特有の暑さとモワッとした空気が肌にまとわりついて気持ち悪い。

「今日も暑くなりそうだな」

窓から見えるのは雲ひとつない青い空。

時計の針は朝の八時をさしているけど、夏休み中で学校に行かなくていいからあわてる必要はない。

今日はなにをして過ごそうかな。

なんて思いながらベッドの上で寝返りを打った時。

「那知ー、ごはんよ」

階下からママがあたしを呼ぶ声がした。

「は、はーい！　今行くー！」

あたしはあわてて飛びおき、そのままの格好で部屋を出た。

パジャマ姿のあたしを見て、ママがクスクス笑う。

「那知ったら、相変わらずね」

「えへへ。今まで寝てましたぁ」

「だと思ったわ。いつもお寝坊さんだもん、那知は」

「えー、そんなことないでしょ。パパは？」

「仕事に行ったわよ」

「そっか、早いね」

「あ、ママ！　あたしって、サッカーが好きだった？」

「サッカー？　突然どうしたの？」

「昨日、こてっちゃんたちとそういう話になって。好きだったのかなぁって気になったの」

「好きなんじゃないかしら？　中学の時、小鉄くんの応援には必ず行ってたし」

昨日のこてっちゃんや百沢さんみたいに、焦ってなにかを隠そうとするそぶりはママにはみられない。

「そういえば、那知はテレビでもよくサッカーを観てたわよ」

「…………」

しっくりこないのはなんでだろう。

知りたい答えがもっと別のところにある気がしてならないのは、どうして？

「あ、それと。那知はよく裏の公園に行ってたわよ。あそこにはサッカーのグラウンドがあるでしょ？」

「え？」

裏の公園？

サッカーのグラウンド？

「なにしにそこに行ってたの？」

「うーん、それが那知に聞いても教えてくれなかったのよね。小鉄くんが練習してるのを観てたんじゃない？」

ママは意味深に笑って、あたしの脇腹を肘《ひじ》でつついた。

カン違いしているようだけど、あたしとこてっちゃんはそんなんじゃないと思う。

それに、ユーレイ部員だと言っていたこてっちゃんが、まじめにサッカーの練習をしているとは思えない。

「あっつーい」

かんかん照りの中、なるべく日陰を選んで歩く。それでも、ジリジリと焼けるような暑さは変わらない。

家の裏の公園は思っていた以上に広かった。出入口が数カ所あり、正面から中に入ってブランコやジャングルジムがある遊び場を抜ける。そして、散歩ができるように舗装《ほそう》された道に出た。どこまでも続いている道を奥へと進む。

「あ、サッカーのグラウンド発見！」

さらに、遠くのほうにサッカーゴールを見つけた。

一番暑い時間帯だからなのか、グラウンドに人の気配はない。

というよりも、公園にはほとんど人がいなかった。

「わー、こんなところにひまわりが！」

グラウンドの横に花壇《かだん》があって、腰の高さくらいのひまわりがサッカーのグラウンドの一辺を埋めつくすように咲いていた。

太陽の光を一身に浴びて、凛々《りり》しく堂々と上を向いている。

「キレイ……」

セミの鳴き声とひまわり。

なんだか夏って感じがして、特別な気持ちになる。

「ふぅ……」

歩き疲れたから少し休憩。花壇のそばの木陰のベンチに座って、汗をぬぐった。

そして、もう一度目の前のひまわりを見つめる。不思議だな。見てるだけで元気になるというか、あたしも上を向いて生きなきゃって思わされる。

「いいよな、ここのひまわり」

え……？

ぼんやりしていたら、突然誰かに話しかけられた。

いつの間に隣にいたのだろう。その人はあたしの横に座っていた。

「見てるだけで、励まされてる気にならない？」

落ち着きのある優しい声に顔を上げると、同い年くらいの男の子の横顔が目に入った。

だ、誰……？

答えることができず、ただその横顔をマジマジと見つめる。

鼻筋や口もとのフェイスラインがスッキリしていて、横からでも整った顔立ちをしているのがわかる。

くせのないまっすぐな黒髪と、どこか大人びたような雰囲気をもった男の子。

「あれ、聞こえてない感じ？　おーい」

手のひらで目の前を仰《あお》ぎながら、ぐっと顔を寄せられた。

そのあまりの距離の近さに、思わずのけぞる。

「あ、あの、えっと……」

な、ななななに？

目をパチクリさせながら、まっすぐに男の子を見つめる。男の子もまた、しっかりとこっちを見つめていた。

――ドキン。

なぜか心臓が波打って、頭の先から熱を注がれたように体温が上昇していく。

なんてキレイな顔の男の子だろう。美少年っていうのかな。

金縛りにあったかのように身体が動かない。

お互い沈黙のまま見つめあうこと数秒。

「まさか会えるとはな」

先に沈黙を破ったのは男の子のほうだった。

信じられないとでも言うように、怪訝《けげん》に眉を寄せている。

「ずっと、会いたいって思ってたからかもな……」

なにを……言ってるんだろう？

わけがわからなくて聞き返そうとしたけど、あまりにも切なげな表情を浮かべていたからなにも言えなくて。

なんでそんな顔をするの？

チクッと胸が痛む。

「俺も、ここのひまわりが好きなんだ」

え……？

「あ、そうなんですか……」

「はは、なんで敬語？」

切なげな表情から一変して、今度は目を細めてやわらかく笑った。

その笑顔にホッと胸をなでおろす。

初めて会ったのにそんな気がしなくて、すごく懐かしい感じがする。

それになぜか、ほんの少しだけ胸が苦しいような。

気のせいかな……？

「あの……あたしたち、どこかで会ったことありますか？」

確かめずにはいられなくて、思いきって聞いてみた。

「え？」

「あの、あたし、実は記憶喪失で……誰のことも覚えてないんです」

見ず知らずの人にこんな話をするのは気が引ける。

でももし知り合いだったら、あたしのことで新たになにかわかるかもしれない。

「だから、もしかして顔見知りなのかな？って、気になって」

「記憶、喪失？」

「はい。交通事故で病院に運ばれて。そのまま十日間ずっと意識がなかったんです」

「事故で……？　体は大丈夫？」

男の子は心配そうに眉を下げ、食い入るような瞳をこっちに向ける。

「体はもう大丈夫です」

「それならよかった。ここで……よく見かけたよ、きみのこと」

ホッと息を吐いたあと、少し間をあけて言いにくそうに口を開いた。

「え？」

ここで……？

「このベンチに座ってひまわりを眺めたり、サッカーの練習や試合を観ていたよ」

「サッカー？　あたしが？」

「うん。よくここから元気に声を張りあげて応援してた」

そう言って、男の子はクスクス笑った。

笑い方までキレイで、なんとなくお上品だ。

「あたし、そんなに目立ってたんだ……」

は、はずかしい。

でも、誰の応援をしてたんだろう？

こてっちゃん？

「目立ってたっていうか、元気がよかったっていうか。とにかく楽しそうだった」

そう、なんだ。

なにも覚えてないや。

自分のことなのに、記憶がないからしっくりこない。

全部思い出せる日はくるのかな？　確信がもてなくて、不安になる。

「まぁ、そう落ちこまずにさ」
隣からスッと手が伸びてきて、あたしの頭を優しくなでた。
なんだろう。
この手の温もりをずっと前から知っていたような……。
不意に胸の奥が締めつけられるように苦しくなって、涙がこみあげてきた。
だけどここで泣くわけにいかなくて、必死にこらえた。
わからない。
なんでだろう。
一緒にいると、とても苦しい。
そして、切ない。
でも、とても――。
そう、とても懐かしい。
この感覚はなに？

ひまわりと思い出

五日後。

じっとしていても汗がじんわりにじむほど暑くて、寝苦しい日が続いていた。

そのせいで最近は昼夜逆転気味。お昼ごはんを食べたあと、二〜三時間眠ってしまうことが多くなった。

とくに昨夜は湿気もすごくて、いつも以上に寝つくことができず、目覚めてからはなんだか身体が重い。

頭もボーッとしてスッキリせず、食欲もわかなかった。

退院してから公園以外に外に出ることはなく、部屋でダラダラしているせいで体力も落ちているんだろう。

せめて夜に寝つきをよくするために、昼間は外に出て寝ないように努力しなきゃ。

セミの鳴き声がやむことはなく、今日も盛大な大合唱が部屋の中まで響いてくる。

あの日以来、あたしは時々夕方の涼しい時間帯に公園に来て、ベンチに座ってひまわりを眺めていた。

「ママ、公園に行ってくるね」

「あら、めずらしいわね。こんな昼間から」

「うん、行ってきます」

「暑いから、水分補給はしっかりね」

「はーい」

サンダルを履《は》いて玄関を出ると、ムワッとした空気がまとわりつき、夏の強い日差しが容赦《ようしゃ》なく肌を照りつけた。

なるべく日陰を選んで歩いているけど、数分もしないうちに背中に汗がにじんで不快指数はマックス状態。

公園に着くと、小学生たちがブランコやジャングルジムで楽しそうに遊んでいた。

元気だなぁなんて思いながら、さらに先に進む。

サッカーのグラウンドまで来たけど、そこには誰の姿もない。

まぁ、この暑さだもんね。

誰もいない、か。

もちろん、あの日に出会った男の子の姿もない。

なんだか、がっかり。

って……なんであたしががっかりしなきゃいけないの。

これじゃ、会えるのを期待していたみたい。

彼とはただの顔見知り。それ以上なんの関係もないはず。

それでもやっぱり、自然と目で男の子の姿を探してしまう。

また会いたいとか思っちゃってる。

なぜ……？

どうして……？

なんでこんなに惹《ひ》かれるんだろう。

わからない。でも、初めて会った日からなんとなく頭から離れない。意識しているわけじゃないのに、ふと浮かんでくる男の子のやわらかい笑顔。ベンチに座ってひまわりを眺めながら、男の子が来ることを心のどこかで期待してしまっている。

そんなことを考えていたら急に睡魔《すいま》が襲ってきて、いつしかベンチに横たわって眠りに落ちていた。

＊＊＊

どこかから、声が聞こえる。

そう……声が。

「きゃー、稲葉く〜ん！　がんばって〜！」

「そこだ、行け〜！」

いつもより活気があふれる中学校のグラウンド。

男子サッカー部のメンバーが、太陽の下で汗だくになりながら必死にボールを追いかけている。

青のユニフォームがうちの東田《ひがしだ》中学校で、赤のユニフォームが対戦相手の桜尾《さくらお》中学校のサッカー部。

二対一の接戦でなんとか今のところはうちのチームがリードしているけど、後半に入ってからは相手チームがガンガン攻めてきている。

ディフェンスがなんとかボールカットして攻撃の芽をつぶしているけど、なかなか相手からボールが奪えずにいる。

あたしはハラハラドキドキしながら、シュートを決められそうになるたびに思わず顔を覆《おお》ってしまっていた。

「那知ー、どうしよう。押されてるよ〜！　追いつかれるかも！」

興奮気味にあたしの背中を叩くのは、中学一年の時からの友達の百沢柚葉。

通称、ゆず。

「大丈夫だよ、うちにはこてっちゃんがいるんだから！」

華奢《きゃしゃ》なゆずの手を取り、ギュッと握る。

「そうだよね？　大丈夫だよね？　エースの稲葉くんがいるもんね」

「そうだよ、応援しよっ！」

「うんっ！」

後半残り三分。

このまま点を入れられなければ、うちの学校の勝利だ。

「がんばれ〜！」

ゆずと一緒に声が枯れるくらい叫んだ。

「稲葉くーん、行け〜！」

ミーンミーンと鳴き続けるセミの声にも負けないぐらい、黄色い声援がグラウンドにも響いている。

太陽はまだ高い位置にあり、降り注ぐ日差しは肌を焦がすほどに暑い。さらには応援に、熱が入って興奮していることもあり、全身から汗がふきだす。

ボールを蹴る音と選手たちの声、彼らの額《ひたい》から滴《しただ》り落ちる大粒の汗。

すべてがキラキラまぶしくて、ただ目の前の光景に拳《こぶし》をキツく握りしめる。

暑さも忘れるほど、あたしたちは必死に応援した。

「相手チームの十九番、後半の途中から入ってきたのに一番目立ってるね」

「うん、あの選手が入ってきてから試合の流れが変わった」

ゆずの言葉にうんうんとうなずく。

コートの中にいるミッドフィルダーの彼は、的確に周りを見てフォワードにいいパスをだし、シュートにつなげている。

さっきからうちのチームがガンガン攻められているのは、そのせい。

細身でサッカー向きじゃない体格だけど、冷静に周りを見て判断する能力にかなり長《た》けている。

「それにしても、十九番の彼、整った顔してるよね。カッコいいっていうよりも、キレイっていうか」

十九番をマジマジと見つめながら、ゆずが何気なくつぶやいた。

そう言われて、もう一度彼に目をやる。

たしかに。

くせのないまっすぐなサラサラの黒髪が印象的な美少年。

相手チームの応援席に女の子が多いのも納得がいく。

だけどそれ以上に、彼のひたむきなプレーに心が奪われて、自然と目で追ってしまう。

いつの間にか、こてっちゃんの応援そっちのけで彼のことを見つめてしまっていた。

「那知、稲葉くんが走ってる！　ボサッとしてないで応援しなきゃ！　もー！」

ものすごい勢いで背中を叩かれ、ハッと我に返った。

「あはは、ごめんごめん」

そう言いながら苦笑いしてみせたけど、ゆずはもうあたしのことなんて目に入っていない様子。

キャーキャーと熱い声援を送っている。

あたしも敵チームの選手に見とれてる場合じゃない。

ちゃんと応援しなきゃ。

でも……。

「あ、ほら！　稲葉くんがシュート打つよ」

「……うん」

こてっちゃんを応援しなきゃいけないのに、さっきからチラチラと視界に入ってくる十九番の背中から目が離せない。

どうして、こんなに心がざわつくのかな。

ゴールに向かって走っていくこてっちゃんのあとを、十九番が追いかける。

でも追いつけなくて、こてっちゃんはディフェンスと対面。

悔しそうな十九番の横顔。

目立っている選手はほかにもたくさんいるのに、十九番から目が離せないのはどうしてだろう。


——ピーッ。

試合終了のホイッスルが鳴った。

結局、試合は二対一のまま変わらず、うちの学校の勝利。

地区大会決勝への進出が決まって、メンバーはもちろん応援席もおおいににぎわっている。

「きゃー、那知！　勝ったよー！　やったよー！」

「あ、うん。だね！　やった！」

ゆずと手を取りあってよろこぶ。

自分のことのようにうれしくて、自然と笑みがこぼれた。

だけどその一方で、負けてしまった相手チームのことが気になった。

キョロキョロと十九番の姿を探してみるけど、どこにも見当たらない。

どこに行っちゃったんだろう……。

なんて、相手チームのことなんて気にしちゃダメだよ。

勝ち負けの世界に同情や情けは禁物。

「う〜、ほんとによかった……っ」

「ゆず……な、泣いてるの？」

「うん……なんか、感動しちゃって……春は決勝の一歩手前で負けちゃったから、今回はよけいに熱が入っちゃって」

「ゆず〜……やめてよ〜、あたしまで泣いちゃうじゃん……」

ゆずが涙をぬぐうのを見て、あたしまでもらい泣き。

弱いんだよね、こういうの。

「那知こそ、泣いてるじゃ〜ん……」

「う、うん……ぐすっ、なんかゆずのこと見てたら泣けてきた」

「スポーツって熱が入りすぎるよね……うぅっ。ほんとによかった……っ」

「うん……っ」

こてっちゃん、ほんとにおめでとう。

よく、がんばったね。

「那知、うさぎみたいに目がまっ赤だよ？」

木陰で日焼け止めを塗《ぬ》り直しながら、ゆずがクスクス笑う。

女子力高めのゆずは、ズボラなあたしとは違って何事にもぬかりがない。

今日だって何度も日焼け止めを塗り直してたし、日焼け止めすら持ち歩いていないあたしとは大違いだ。

さっきまで泣いてたのに、そんなことはもう忘れてしまったかのように無邪気に笑っていた。

「やだ、ちょっと目を洗ってくる～」

「はいよー、校門のところで待ってるね」

「うん！」

あたしは、グラウンドのすみにある水道まで走った。

「なーちー！」

ユニフォームを着たサッカー部のメンバーが集まっている横を通り過ぎようとした時、ピョンピョン飛び跳ねながらこっちに手を振る人物を発見。

背が高いからひとりだけ飛び抜けて目立っている上に、試合の時とは違っていつものおふざけモード全開。

「こてっちゃん！」

同じように手を振り返し、こっちに走ってくるこてっちゃんに駆け寄る。

「おめでとう！　やったね！」

「へへっ、だろ？　俺、カッコよかった？」

白い歯をむきだしにしてニカッと笑うこてっちゃんは、幼稚園の時からずっと一緒の幼なじみ。

ちなみに家も隣同士で、今でもよくうちに遊びに来る。

家族ぐるみのおつきあいってやつだ。

「うん、すっごいカッコよかったよ！　決勝戦もゆずと応援しにいくからね！」

「マジ？　サンキュ。那知が来てくれたら、勝てる気がする」

「へへ、でしょー？」

なんて言っておちゃらけたように笑った瞬間、遠くのほうから視線を感じた。

たしかあの子はサッカー部のマネージャーの佐倉《さくら》さんだ。

クラスが違うから話したことはないけど、なんだかこっちをにらんでる？

気のせいかな。

気のせい、だよね？

あからさまにプイと顔をそらして、佐倉さんは片づけに戻った。あたしも行かなきゃ。

「じゃあ、またね！」

こてっちゃんに手を振り、再び走りだす。

汗が流れ落ちるなか、水道の前に到着した。

蛇口《じゃぐち》をひねると生温い水が流れだし、バシャバシャと顔を洗う。

はぁ、生き返る。

汗かいたし、早く家に帰ってシャワーを浴びたいな。

そんなことを思った瞬間、隣からキュッキュッと蛇口をひねる音がした。

ハンドタオルで顔を拭きながらそっと隣を見ると、赤いユニフォームを着た相手チームのサッカー部の男子が同じように顔を洗っていた。

十九番……！

チラッと見えたユニフォームの背番号に、思わずドキッとしてしまう。

さっきの人だ。

彼だとわかると、なぜかヘンに緊張してきた。

試合中は細くて小柄に見えたけど、並ぶと一六〇センチのあたしと同じくらいの身長。

肩までたくしあげた袖から見える二の腕は、細いけどしっかり筋肉がついていてキレイに鍛えあげられているのがわかる。

うつむいているから顔は見えないけど、サラサラな黒髪が太陽の光に反射して輝いていた。

「うっ……ううっ……っ」

小さく漏れる声。

肩が小刻みに震えているのを見て、呆然《ぼうぜん》としてしまう。

「うっ……くっ」

十九番は蛇口に頭を近づけて思いっきり水をかぶった。

ザーッと水が流れ出る音に混じって、聞こえてくる嗚咽《おえつ》。

もしかして……泣いてる？

「くそっ……くそぉ……」

絞りだすような声を聞いて、胸が痛んだ。

負けて悔しいんだ。

そりゃそうだよね……。

本気だったからこそ、悔しいんだ。

大丈夫……かな？

心配になったけど、敵チームの学校の生徒なんかに同情されたくないよね。

なんて声をかければいいのかもわからないし。

「……っ」

止まらない嗚咽にいたたまれなくなって、そっとその場を離れようとした。

そーっとそーっと、気づかれないように振り返り一歩ずつ足を動かす。

だけど、数歩進んだところで小さな石ころにつまずいてしまった。

「きゃあ！」

――ドサッ。

思いっきり前のめりにバランスを崩して、大きな声をだしてしまった。

とっさに前にだした両手はなんの意味もなく、まるでマンガに出てくるシーンのようにハデにこけた。

「いっ……たぁ」

ううっ、あたしのドジ。

肝心なところでこけるなんて。

両手を前につきだしているこんな格好、情けなさすぎて笑える。

っていうか、ほんとはずかしすぎて穴があったら入りたいレベル。

あたしはいつも、肝心なところでやらかしてしまうクセがある。

「いたた……」

早く起きあがらなきゃ。

「ぷっ……くくっ」

近くで誰かのふきだす声がした。

おそるおそる顔を上げると、さっきまで泣いていたはずの十九番が泣き腫《は》らしたまっ赤な目を細めて笑っていた。

「ははっ、なんだよそのこけ方……っ」

さっきまで悔し泣きしてたとは思えないほどの無邪気な笑顔。

濡れた髪からポタポタと水が滴り落ちている。

「わ、笑うこと……ないじゃん」

こっちは気をつかって離れようとしたっていうのに。

「はは、悪い悪い。あまりにも斬新《ざんしん》なこけ方だったから、つい」

斬新なこけ方って……。

ううっ、よけいにはずかしい。

「ほら、立って」

水を止めて近寄ってきたかと思うと、スッと差しだされた右手のひら。

太陽を背に、ニコッと笑う顔がまぶしい。

唇をとがらせたままでいると、「ほんと、悪かった」ともう一度あやまってくれた。

仕方ない、許してあげるかな。

ちゃんとあやまってくれたし、悪い人ではなさそう。

なんて……単純かな。

でも、目の前の彼の笑顔がそんな気にさせる。

それにしても、近くで見ると整った顔をしているのがよくわかる。

年下、かな？

まだ幼い感じがするし。

「あ、やっぱりまだ怒ってる？　悪気があって笑ったわけじゃないからさ」

申し訳なさそうに眉を下げて小さく笑う。

「怒ってないよ」

あたしはそんな彼にニコッと微笑み返した。

そして、差しだされた手をつかんで立ちあがる。

「大丈夫？って、膝《ひざ》から血が出てる」

彼の視線があたしの膝に。

「わ、ほんとだ。いたた」

じわっと血がにじんでいる傷口を見たら急にジンジンし始めた。

「早く洗ったほうがいいよ」

「あ、うん」

服についた砂をサッと手で払い、汚れた膝を水道で洗った。

洗い終えると水道の縁に腰かけて、カバンの中を探った。

そして、ポーチの中から消毒液と絆創膏《ばんそうこう》を取りだす。

こんな時のために持ち歩いていてよかった。

まぁ、無理やりママに持たされたようなものなんだけど。

「貸して。俺がやるから」

「い、いいよっ！」

「けど、転んだのは俺のせいだよな？」

「え？」

十九番はスッと笑みを消して、バツが悪そうな表情を浮かべた。

「俺が泣いてたから……気をつかってくれたんだろ？」

「あ、えっと……」

そっか。

気づいてたんだ。

人目もはばからずに泣いてたし、あたしのことなんて目に入っていない感じだったのに。

「試合に負けたことが……すっげー悔しくて。泣くのガマンしてたけど、こらえきれなくてさ……みっともないとこ見せて悪かったと思ってる」

「そんなことないよ。みっともないとこ見せたのは、あたしも同じだし」

あんな豪快に転んだこと、今までにないよ。

「はは、たしかにな」

ムッ。

また笑った。

「けど、俺のほうがみっともなかったよ」

彼はさりげなくあたしの手から消毒液と絆創膏を奪うと、優しい手つきで手当てをしてくれた。

「これでよしっと」

「ありがとう……」

親しくもない人、しかも男子にこんなことをさせてしまって、申し訳ない気持ちでいっぱいになった。

気をつかったつもりが、逆に気をつかわせちゃった。

「いいよ、こっちこそ悪かったし。男が泣くなんて、マジでみっともなかったよな」

「そんなことないよ。負けて悔しい気持ちは、あたしにもわかるから」

ニコッと微笑んでみせると、彼は力なく笑って「ありがとう」とつぶやいた。

「こんなことあたしに言われたくないかもしれないけど、元気だしてね」

「え？」

「さっきの試合で、ずっと見てたの。あなたのこと」

「え？　俺を？」

彼は大きな目をまん丸く見開いて、ビックリしている。

ヤバ、ヘンなこと言っちゃった？

「あ、えっと。違うよ！　ストーカーとか、そんなんじゃなくて！　ひたむきなプレーに魅《み》せられたっていうか……目が離せなくて！　すごく、惹きつけられたの」

わー、なに言ってんのあたし。

はずかしすぎて顔がまっ赤になっていくのがわかった。

でもでも、絶対ヘンなやつだって思われたよね。

明らかにアヤしんでるもん。

「はは……サンキュ」

今度は彼は照れたように頬をかきながら、小さく笑った。

「そんなこと言われたの、生まれて初めてだからうれしい。俺、いっつも怒られてばっかだからさ」

彼は照れくさそうにあたしの目を見て、ニコッとかわいく微笑んだ。

その笑顔に一瞬で体が熱くなったのは、この暑さのせいに決まってる。

「工藤《くどう》ー、なにやってんの！　帰るよ〜！」

「やべ、マネだ」

声がするほうを見ると、遠くからこっちを手招きしている女の子の姿。

ジャージ姿で、たくさんの荷物を抱えている。

こんがり焼けた小麦色の肌と、ベリーショートの髪型が特徴的なかわいい子だった。

「じゃあ、俺そろそろ行くわ。またな！」

「あ、うん」

ふんわり笑ってあたしに手を振る彼の顔には、もう涙の痕跡《こんせき》は見当たらない。

「もー、誰と話してたの？　みんな行っちゃったよ？」

「悪い悪い」

なんて言いながら、女の子の手からさりげなく荷物を持ってあげる彼。

優しいんだね……。

なんだか少し複雑な気分。

ふたりの背中はあっという間に見えなくなったけど、あたしはその場からしばらく動けなかった。

＊　＊　＊

——ズキンズキン。

——ズキンズキン。

「いっ、たぁ……」

激しい頭痛がして、あまりの痛みに耐えきれず目が覚めた。

あたりをキョロキョロ見回すと、どうやらここは外のようだった。

すぐそばにひまわりが見えて、公園だったことを思い出す。

あたし……ベンチで寝ちゃってたんだ。

今のはなに……？

夢？

それにしては、すごく鮮明だった。

中学三年生のあたしと百沢さんが、こてっちゃんのサッカーの応援をしてた。

あたし、百沢さんのことをゆずって呼んでたよね。

夢……だったのかな？

それとも過去の記憶？

そういえば、夢に出てきた十九番の男の子は、ついこの前、この場所で出会った彼にそっくりだった。

やっぱり知り合いだったのかな？

でも、思い出せない。

よく、わからない。

――ズキンズキン。

「いたた」

あたしは思わず頭を抱えた。

考えれば考えるほど頭痛がひどくなり、なにも考えられなくなる。

さらにはめまいまでして、冷や汗が背中を流れた。

「大丈夫？　具合《ぐあい》が悪いの？」

頭を抱えるあたしの隣に、誰かが座ったのが気配でわかった。

どことなく聞き覚えのある低い声。

「あ……頭が、痛くて」

「頭？　大丈夫？」

「しばらく休んでれば……治ると、思う」

そう言ってるそばからめまいがして、体がよろけた。

ベンチの上に手をついて、倒れないようになんとか体を支える。

頭がクラクラして平衡《へいこう》感覚を保てない。

「大丈夫？　横になったほうがいいよ」

耳もとで優しく響く声に安心感を覚えた。

それと同時に、なぜか胸が締めつけられる。

懐かしいこの感覚は、初めて出会った時と同じだ。

「ほら、早く」

フワッと背中に添えられた大きな手。

彼はあたしの体を支えながら、ゆっくり横にならせてくれた。

「目を閉じてしばらく休むといいよ。その間、ずっと一緒にいるから」

動けないあたしにはもはや選択の余地はなく、彼の言葉どおりそっと目を閉じた。

「なんだか……気が遠くなりそう」

「ん、いいよ。ゆっくり休みな」

「……ありが、と」

彼の手があたしの頭やおでこを優しくなでる。

真夏なのに、ひんやりしていて気持ちよかった。

頭の痛みは少しずつやわらぎ、めまいもおさまってきた。

そして、いつしかあたしは再び眠りに落ちていた。

＊＊＊

――ミーンミンミンミン。

――ミーンミンミンミン。

「ははははっ！」

必死に机に向かうあたしを邪魔《じゃま》するように、部屋に響く愉快《ゆかい》な笑い声。

「やべ、マジおもしれー！　うお、これうまっ」

さっきからお菓子をボリボリほおばる音も、気になって仕方ない。

中学三年生の夏休みまっ只中、宿題と受験勉強に追われています。

セミの声が響く中、今日も格闘中。

「那知、見ろよこれ」

数学の問題を解いていると、それを邪魔するかのようにノートの上にスマホが置かれた。

シャーペンの先がコンと画面に当たる。

スマホの中では、今流行りのお笑い芸人が一発ギャグを披露《ひろう》している動画が映しだされていた。

「こてっちゃん！　宿題する気がないなら、どっか行ってくれる？」

さっきから邪魔でしかないんですけど。

「あるある、やる気はある。行動に移せないだけで」

暑いのか前髪をゴムで結んで、ちょんまげにしているこてっちゃん。

キレイに整えられた眉と、ツヤのあるおでこがトレードマーク。

背が高くて小顔で、スタイル抜群。

俗にいうイケメンのこてっちゃんは、サッカー部のキャプテンを務《つと》めていることもあって相当モテる。

だけどみんな外見にダマされているだけ。

中身はほんとにただの子ども。

お調子者で、ノリが軽くて、おまけにチャラくて、バカで、いっつも笑ってて。

それでも憎めないのは、こてっちゃんの明るい性格と人柄かな。

「あ、それとさぁ。こっちの動画もおもしれーんだって！　絶対笑うから見てみろよ。それと、今度マネしてみようぜ」

「はぁ。こてっちゃん」

ちょんまげであらわになったおでこをペチッと叩いた。

「将来お笑い芸人にでもなるつもり？　マジメに宿題やりなよ」

ちょっとばかりのイヤミを投げつける。

「バカ。息抜きも必要だろ？　それに、俺には那知がいるから大丈夫！」

なにその根拠のない自信。

「宿題は絶対に見せないからね」

「那知は毎回そんなこと言いながらも、結局味方になってくれるんだよな。俺はなんでも知ってる」

「今回は絶対に助けないから」

シラケた目を向けると、こてっちゃんはイタズラッ子のように笑った。

こんなふうに笑えば、あたしが折れることを知ってる。

「那知、頼むよ！　お願いだから見せて？　俺、顔はいいけどバカだって知ってんだろ？」

「じゃあ教えてあげるからノート開いて」

甘えた目で見つめてきたってムダ。

サッカーをやらせればピカイチだけど、勉強はてんでダメ。

テスト前に泣きつかれるのは毎度のことで、長期休みのたびに宿題を見せてほしいと頼まれる。

でも、今日は絶対に折れてやらない。

いつまでも甘やかしてちゃダメだから。

この先もずっと一緒にいられるわけじゃないんだよ？

「教えてもらっても理解できねーもん、俺」

「すぐそうやって開き直るんだから。いいから早く」

「ちっ」

「舌打ちしないの」

しぶしぶノートを開いたこてっちゃんに、わかりやすく問題の解き方を説明する。

「あー、なるほどね。そういうことか」

「そうそう」

やればできるのに、やらないのが彼の悪いところ。

「なぁ、那知って気になる男とかいないわけ？」

シャーペンをくるくる回しながら、真剣な顔であたしを見つめる。

そんなことを聞くより、マジメに宿題してください。

「那知ー、シカトすんなよー。気になる男！　いないの？」

気になる人……。

なんでこてっちゃんがそんなことを聞くの？

あたしをからかおうっていう魂胆《こんたん》？

こてっちゃんなら、ありえる。

「いないよ……そんな人」

だけど、ふと。

サッカーの試合の日、悔し泣きをしていた十九番のことが頭に浮かんだ。

無邪気な笑顔がよみがえって胸がジンと熱くなる。

あの日からあたしはヘンだ。

ふとした時に彼の笑顔を思い出して、そのたびにドキドキしちゃってる。

『またな！』

また……会いたいとか思っちゃってる。

どうしてこんな気持ちになるのか、自分でもほんとによくわからないけど。

でも、会いたい。

おかしいよね。

少し言葉を交わしただけなのに、彼の存在があたしの中でこんなにも大きくなっているなんて。

「ふーん。いないんだ？」

「あ、当たり前じゃん。なんでそんなこと聞くの？」

「那知のことが気になるから」

気になる？

幼なじみのよしみで、心配してくれてるのかな？

「こてっちゃんに心配してもらわなくても大丈夫だよ」

もう子どもじゃないんだから。

「いや、そういう意味じゃなくて」

じゃあ、どういう意味？

わけがわからなくて、首をかしげながらこてっちゃんを見つめる。

「マジでわかんねーの？」

「え？　なにが？」

どういうこと？

「はぁ。那知って、マジで鈍感」

なぜかこてっちゃんはあきれたようにため息をついた。

「そんなことより、サッカーの練習でもすれば？　せっかく裏の公園にいいグラウンドがあるっていうのに」

「部活のあとに残って自主練するだけで十分だろ。それにあの公園あっちーもん。セミもうっさいし」

「暑くてもセミがうるさくても、一生懸命やる人はカッコいいと思うけどね」

「まぁ……気が向いたらな」

「その言い方だと絶対やらないでしょ？」

「おっと、タナッシーから電話だ」

こてっちゃんは逃げるようにスマホを手にして、あたしのベッドに転がった。

自由奔放でマイペース。

まぁもう慣れてるからいいんだけどね。

あたしはこてっちゃんをムシして、止まっていた手を再び動かした。

だけどさっきよりも宿題が手につかない。

頭の中にちらつく十九番の彼の存在が、何度も何度もあたしの宿題の邪魔をする。

どうしてこんなに気になるの？

また……会えるのかな。

それとも、もう会えない？

こてっちゃんが帰ったあと、なんとなく勉強する気になれなくて部屋でぼんやりしていた。

サッカー、か。

十九番の彼は、毎日練習してるのかな？

隣の中学だから、あたしの家からも近いはず。

様子を見にいこうと思えば行けるけど、そんな勇気があるはずもない。

裏の公園、だったら……サッカーのグラウンドもあるし、もしかしたら会えるかもしれない。たまに公園の前を通った時、中学生くらいの男子数人がサッカーをしているところを見かけたことがあるから、なおさらそう思った。

よし、行ってみよう。

背中まで伸びたまっすぐな髪をドライヤーでブローしたあと、シュシュでひとつにまとめた。

メイクはしない。

日焼け止めは、女子力が高いゆずを見習って一応薄く塗ってみた。

もともと色白のあたしは、太陽の熱に焼かれても黒くなることはなくて。赤くなりはするけど、二、三日もすれば、すっかり元通りになるから今までほとんど使ったことはなかった。

将来、シミになるよ〜！なんてゆずに言われたけど、今はまだそこまで気にならないんだよね。

お気に入りの麦わらぼうしをかぶって、バッグにスマホとお財布を入れて準備完了。

「ママー、ちょっと裏の公園に行ってくるね」

「気をつけてね」

「うん！」

小学生の頃はよく遊びにいっていたけど、中学生になってからはめっきり行かなくなった裏の公園。

ブランコやジャングルジムといった遊具がある遊び場と、散歩できるように舗装された道、サッカーのグラウンド、芝生や花に囲まれたいやしのスペース。

とにかく広くて、家族連れがよく遊びに来たりするこの辺じゃ人気のスポット。

なかでもあたしのお気に入りの場所は、サッカーのグラウンドの一辺に咲いているひまわりの花壇。

「わー、今年もキレイに咲いてる！」

背丈はあたしの腰くらいで、まっすぐに太陽に向かって伸びている。

ビタミンカラーのひまわりを見ていると、心の底から元気が出てくるっていうか。

とにかく好き。

すごく癒されるんだもん。

「なにやってんの？」

「ひゃあ！」

突然肩をポンと叩かれて、驚きのあまり大きな声をだしてしまった。

ななな、誰!?

弾かれたように振り返ると、おかしそうに笑うジャージ姿の彼が目に入る。

「ははっ、そんなにビックリしなくても」

太陽の光がとてもまぶしい。

——ドキッ。

ウソ。

まさか。

本当に会うなんて、信じられないよ……。

一瞬にして胸が熱くなったのは、きっと気のせい。

そう、気のせい。

「十九番……」

思わずポツリとつぶやく。

「そんなにビックリした？　しかも、十九番って……！　なんだよ、その覚え方」

人懐《ひとなつ》っこく無邪気に笑うその顔は、あの日と変わっていない。

あどけない彼の表情には警戒心のカケラもなく、あたしもまるで友達にでも会ったかのような感覚だ。

不思議。

彼のことをまだなにも知らないのに、なんでこんなに胸がざわつくの。

会えてうれしいとか思っちゃってる。

ドキドキ……しちゃってる。

「……だって、まさか会えるとは思ってなかったから」

「あ、だよな。俺もこんなところで会うとは思ってなかった」

自分の髪をさわりながら、はにかむ姿に、胸が高鳴る。

なんでこんなにドキドキするんだろう。

なぜだかわからないけど惹きつけられる。

また、会いたいと思ってた。

身体が熱くてめまいがするのは、夏の暑さのせいなんかじゃない。

ドキドキしすぎて、落ち着かないよ。

「こんなところでなにしてんの？」

彼のキレイな瞳がまん丸に見開かれる。

「あっ、えっと、ここのひまわりが好きで！　ヒマだったから見にきたの。あなたは？」

「散歩だよ。ついさっき、最後に部に顔だしてきたんだ」

どうりでジャージなわけだ。

「最後？　サッカーやめるの？」

なんで？

どうして？

あんなにサッカーが好きそうだったのに。

試合に負けたのがそんなに悔しかったのかな？

「違う違う。この前の試合で引退したから」

「ええっ⁉」

思わず口もとを手で押さえた。

引退したってことは、中三ってことだよね？

わー！

小柄だし、てっきり年下だと思ってた。

まさかタメだったなんて。

「俺、よく年下に思われるんだよな」

あたしの反応はめずらしくなかったようで、隣に立つ彼がスネたようにこっちを見つめる。

目線の高さが同じくらいで、よけいにはずかしい。

「ごめんね、まさか同い年だとは思わなくて」

へへっとお得意の愛想笑いで乗り切った。

「いいよ、べつに。これからどんどん身長も伸びるし」

「そうなの？」

「あくまでも予定の話」

「ふふ、応援してるよ」

「バカにしてるだろ？」

「あは、してないよ」

パッと見は大人びていて冗談を言うタイプには見えないから、そのギャップに驚いた。

ほぼ初対面に近いのに、ノリがいいからなんだか楽しくて。

一緒にいる空間が心地よくて、思わず笑みがこぼれる。

不思議、こんな感覚は初めてだ。

彼のことをもっと知りたいって思う。

「名乗り遅れたけど、俺は工藤遥希《はるき》っていうんだ。よろしく」

「あたしは桐生那知だよ。よろしくね」

へぇ。

ハルキ、か。

……遥希。

うん、覚えた。

「那知、か。いい名前じゃん」

いきなり下の名前を呼ばれてドキッとした。

「遥希も、カッコいいよ」

「え？」

「いや、あの……だから、名前がね！　カッコいいって話！」

「ぷっ、わかってるよ。那知って、からかうとおもしろいのな」

「な、ひどい！」

大人びたイメージとは反対に中身はイジワルで。

子どもっぽい一面をもち合わせている彼に、ドキドキが止まらない。

目鼻立ちがはっきりとした上品な顔立ち。色素の薄いブラウンのくりっとした瞳に見つめられると、緊張しすぎてうまく息ができなくなる。

身長は同じくらいでも、小顔だからなのかスタイルがよく見えた。

「そう怒るなって。那知は笑うとかわいいんだから」

「なっ……！」

か、かわ、いい……？

金魚みたいに口をパクパクさせながら、目を見開く。

絶対からかわれてるだけだから、真に受けちゃダメ。

わかってるのに頬に熱が帯びていく。

「遥希って……見かけによらず、チャラいんだ」

「はぁ？　チャラいってなんだよ」

「かわいいとか、思ってなくても言えるんだね」

「思ってなかったら、言わないっつーの」

え……？

「実はあの日、俺も那知のことを見てたっていうか。友達と一緒に、サッカー部の応援してただろ？」

ポリッと頬をかきながら、照れくさそうにはにかむ遥希がチラッとあたしに目を向ける。

「那知の声がこっちにまで聞こえてきて、キャーキャー言ってるだけの女子とは違ったたっていうか。本気で応援してんのが伝わってきたんだ」

「ええっ？　は、はずかしい……」

とっさに両手で頬を覆った。

そんなに大きな声をだしたつもりはないんだけど、自分でも無意識のうちだったのかな。

「悔しがったり笑ったりしてんの見て、かわいいって思った」

か、かわいい……？

あたしが⁉

「あんなふうに応援されたらうれしいだろうなって。誰の応援してんのかな、そいつがうらやましいなって……」

なにそれ……ずるい。

「でも、あのあと泣くとこ見られたし、ぶっちゃけもう会いたくないって思ってたけど」

「え？」

……そうなんだ。

会いたかったのは、あたしだけだったのかな。

「でも、今日……偶然、那知を見かけて、無意識に声かけてた」

くしゃくしゃっと無造作に髪をさわりながら、照れているのか遥希の顔がほんのりピンク色に染まっている。

「もう会えないのかなって、ずっとそんなことばっか考えてたんだ。おかしいだろ？　那知のことを、ほとんどなにも知らないのに」

「え……」

ウソ。

同じようなことを思ってくれてたの？

「俺、普段《ふだん》は人見知りするし、自分から声をかけたりするようなタイプじゃないけど、那知だけは違うっていうか。今日会えてうれしかった」

遥希は目をそらして、黙りこんだ。

どうしよう……うれしい。

だって。

「あたしも、ずっと会いたいと思ってた」

「え？」

「もう会えないのかな？　また会いたいなって。あれからずっと、思ってたよ」

「マジ、か」

「うん」

お互いに本当の気持ちを伝えあったことで、なんだか急に照れくさくなった。

ドキドキして、ソワソワして。

ふたりともまっ赤だ。

「ぷっ」

「あはは」

目が合うと自然に笑いがこみあげてきて、顔を見合わせて思いきり笑いあった。

「まさか、那知もそう思ってたとはな」

「それはこっちのセリフだよ」

遥希の笑顔を見ているだけで、心がほっこりする。

出会ってまだ間もないけど、時間なんて関係ないと思わせてくれるほど、遥希と一緒にいる空間は居心地がよかった。

緊張するし、なんとなくまだはずかしいけど、遥希のことをもっと知りたいと思ったのはまぎれもない事実。

「じゃあ俺、これから用事があるから！」

「あ、そうなんだ」

なんだ、残念……。

もう少し話したかったのに。

「じゃあな！」

「あ……うん、バイバイ！」

はにかみながら手を振って去っていく遥希に、あたしも大きく手を振り返した。

遥希の背中が見えなくなるまで手を振っていると、角を曲がる直前に振り返ってくれて。

「またな！」

満面の笑みを浮かべながら、もう一度手を振ってくれた。

「あ、それと――」

前を向きかけた遥希が再びあたしを見る。

「俺も、ここのひまわりが好きなんだ」

「え……？」

「だから、またな！」

「うん……！　またね！」

また、会いたい。

そう思った。

＊　＊　＊

抑えられない恋心

「……ちっ！　那知っ！」

誰かに肩を揺さぶられている感覚がする。

「んっ……」

次第《しだい》に意識が戻ってきたあたしは、ゆっくり目を開けた。

焦点が合わないせいか目の前がボヤける。

あ、れ……？

あたし、また寝ちゃってたの……？

ぼんやりする頭がそれを教えてくれる。

あたりはすっかりオレンジ色に染まって、陽が落ちかけていた。

「おまえ、なんでこんなところで寝てるんだよ。バカじゃねーの？」

「あ、あれ……？　あたし、ひとり？」

たしか、誰かが一緒にいるって言ってくれたような……。

めまいがきつくて姿を見ていないけど、優しい声はしっかりと耳に残っている。あれはきっと……遥希だった。

一緒にベンチに座ってたよね？

ボーッとする頭では、はっきりと思い出せない。

夢、だったのかな？

「なに言ってんだよ。マジで心配させやがって。那知はやっぱりバカだな」

ムッ。

「まったく勉強しないこてっちゃんにだけは、言われたくありません」

「んなとこで寝るやつのほうが、よっぽどバカだっつーの。ヘンな男に襲われたらどうするつもりなんだよ？」

こてっちゃんは引くことなく、強気な態度でつめ寄ってくる。

「大丈夫だよ。こてっちゃんは、変わらず心配性だね」

「心配性って……なんで那知がそのこと知ってんだよ？　なんか思い出したのか？」

「思い出したっていうか、ヘンな夢を見て……」

「ヘンな夢？」

「うん。まだ中三のあたしとこてっちゃんが、一緒に夏休みの宿題やってた。こてっちゃんは全然勉強しなくて、スマホでお笑いの動画を観て笑ってたの」

「中三の夏休み？」

「それだけじゃないよ。百沢さん、ううん、ゆずと一緒にあたしがサッカーの応援してた。うちの学校が試合に勝って、ゆずと抱きあってよろこんでた」

「はは、なんだよその夢」

「やけにリアルな感じだった。夢だとは思えないくらいに」

「……ふーん。で、夢に見たのは中三の夏休みのことだけか？」

「うん」

なにかを考えこむような表情を浮かべるこてっちゃんをムシして続ける。

「それにね！」

「那知」

「それに！　ここで遥希を見たの」

十九番の彼に、遥希に会ったんだよ。

「さっきまで一緒にいたんだよ」

頭をなでてくれた感触がかすかに残ってる。

温かくて、でもひんやり冷たくて、優しい手だった。

「はぁ？　なに言ってんだよ」

怪訝に眉を寄せて、疑うような目を向けられた。あたしの言葉をまるっきり信用していない様子。

「ほんとだよ。ほんとうに遥希が……」

そう言いかけた時、こてっちゃんに肩をつかまれた。

「那知、聞け。それは夢だ」

「え……？」

夢……？

「俺がバカなのには変わりないけど、それは夢だ。全部ほんとに起こったことじゃない」

有無《うむ》を言わさない強い口調。真剣な瞳。

こてっちゃんのこんなマジメな顔を見るのは、あの時以来だ。

そう、あの時。

こてっちゃんとゆずがなにかを隠そうとした、あの時。

「ほら、帰るぞ。おじさんとおばさんが心配してんぞ」

腑《ふ》に落ちないまま、こてっちゃんに連れられ、家に戻った。

頭痛はすっかりおさまって、頭はスッキリしている。

だけど心がスッキリしない。

あれはほんとに夢だったの？

実際に起こったことじゃなかったの？

そんな考えが頭の中をぐるぐる回っていた。


あれから三日間、毎日のように公園に足を運んでいる。

今のところ、記憶を取り戻す手がかりは夢のことだけ。

ここに来れば、またあの夢が見られるかもしれない。

そしたらなにか思い出すかもしれない。

小さな希望を捨てきれなくて、何気なくここに来てしまった。

「はぁ、今日も暑いなぁ」

朝のテレビのニュースによると、今日は日中の気温が三十八度を超えるとかなんとか。

今年の夏は去年より猛暑らしい。

毎日この暑さはカンベンしてほしいよ。

なんて思っていた矢先、目の前に影が落ちて無邪気な笑顔が現れた。

「よっ！」

「あ……」

遥希……。

あんな夢を見たからかな。

ドキンと心臓が跳ねた。

まるで、あの夢はほんとに起きたことなんだとでも言うように。

「体調よくなった？」

「あ、うん」

「この前は勝手にいなくなってごめん。那知の幼なじみが来たから、あとのことは彼に託《たく》したんだ」

「え……」

たしかにあの時、起きたら遥希はいなくて、こてっちゃんがいたけど。やっぱりあの時そばにいてくれたのは遥希だったんだ。

だけど、こてっちゃんは遥希に会ったとは言ってなかった。

どうしてだろう……。

「那知？　どうしたんだよ、ボーッとして」

「ううん、なんでもない」

あれ……？　あたし、名乗ったけ？

「あたしの名前……知ってるの？」

なんで？

目の前の彼は夢で見た時の姿とは違って、身長が伸びているような気がした。

中三の夏とは明らかに違って骨格も男らしく成長しているけど、少し痩《や》せたのかな？

腕の筋肉はあの頃より、落ちているような気がする。

「工藤遥希。あなたの名前だよね？　あたしたちは中三の夏にサッカーの試合で出会ったの？」

「え？」

こてっちゃんは夢だと言ったけど、どうしても確かめたかった。

このままじゃモヤモヤして、気になりすぎて落ち着かない。

「思い出したのか？」

ビックリしたように目を見開く彼の姿が、あたしには肯定《こうてい》しているかのように見えて。

「夢で見たの。その試合のあとにこの場所で……あたしたちは再会したんだよね？」

夢の中にいた中三の遥希はひまわりが好きだって、そう言ってた。

この前ここで出会った時も、あなたはひまわりが好きだって言ってたよね。

夢の中の遥希と目の前の彼にはリンクする部分がたくさんあって、どうしても夢だとは思えない。

「俺の名前、知ってんの？」

「夢の中で教えてくれた」

「俺が？」

「うん。まだ去年の夏のことまでしか知らないけど」

「去年の、夏……？」

なにかを考えこむように眉をひそめた。

「うん、夏」

「はは、そっか」

不安気な表情が一気に消えて、パァッと明るくなった遥希の顔つきに胸が熱くなる。

「思い出してくれたんだな」

とびっきりの笑顔でうれしそうに笑うから、本当のことなんだって信じたくなる。

「遥希が知ってることを教えてくれる？」

そしたらなにか思い出せるかもしれない。

この夢で見たことは現実のことだったんだと確信がもてたら、きっとあたしは一歩前に進める。

懐かしむような笑みを浮かべたまま、こっちに向き直ると遥希は静かに口を開いた。

「俺と那知は去年の夏の試合で出会ったんだ。ここで再会もしたし、お互いを名前で呼びあうようになった」

うんうんとうなずきながら、遥希の声に耳をかたむける。

「それからも何回かここで会ったり、夏祭りのあとに……」

言葉をつまらせた遥希を不思議に思い、首をかしげる。

「夏祭りのあとに、どうしたの？」

いったいなにがあったの？

「あー、やっぱりそれはいいや。また今度話すよ」

「え、気になるんだけど」

「いいからいいから、また今度な！」

プイとそっぽを向いた遥希の顔はほんのり赤くて、ますますわけがわからなかった。

その日の夜、頭痛がして早めにベッドに入った。すると、意識が遠のいていく感覚に見舞われた。

＊＊＊

「あ～……あたしのバカ！　なんで連絡先を聞かなかったんだろう」

遥希のことを思い出すと、ドキドキして冷静じゃいられなくなる。

なに、これ。

ほんと。

意味わかんない。

「ほーんと、那知は肝心なところが抜けてるよね～！」

「ううっ」

ほんと、バカだよね。

せっかくのチャンスだったのに、なにやってんだって感じ。

ひまわりが好きだって言ってたし、あの公園に行けばまた会えるって簡単に思っていたけど、現実はそう甘くはなかった。

最後に会った日からすでに一週間。

あれから毎日公園に通ってるけど、彼の姿は見つけられなかった。

「うう、ゆず～！　どうしよう……もう会えないのかな？」

「うーん、どうかな。二度あることは三度あるっていうし、もし次も偶然会えたら運命だと思わない？」

「運命……？」

運命……。

「うん……たしかに！」

三度目の正直っていうもんね。

「あーあ、純粋な那知についに彼氏ができるのか」

「か、彼氏だなんて……！　遥希とはまだそんなんじゃないよっ！」

「とかなんとか言って、いい感じじゃん！　好きなんでしょ？」

「そ、そんなんじゃないってばー……！」

「照れない照れない。好きなくせに」

「……っ」

うっ。

からかわれると照れくさくてなにも言えなくなる。

ゆずには高校生の彼氏がいて、あたしなんかよりもはるかに経験豊富でずっと大人なの。

「好きかどうかは……まだ、わかんない」

「連絡先を聞かずに後悔してる時点で、とっくに恋だよ？」

「えー……そう、なの？」

「そうそう。じゃなきゃ、そんなに毎日考えたりしないって。ましてや、公園にも通ったりしないでしょ」

ううっ。

たしかにそのとおりかもしれない。

「素直になりなよ～！　悪いことじゃないんだからさ」

「恋……かぁ」

遥希のことを考えると、胸が締めつけられる。

ドキドキしたり、キュンとしたり、ソワソワしたり。

次はいつ会えるかなって、そんなことばっかり考えてる。

夜、眠る前に考えてなかなか寝つけないこともあった。

これが、恋？

だから遥希に会いたくなるの？

頭から離れないの？

あたしは遥希のことが好きなんだ。

今まで知らなかったこの気持ち。

遥希のことをほとんどなにも知らないのに、恋するなんてほんと不思議。

こんなに簡単に好きになっちゃうなんて。

「こりゃ稲葉くんが泣くね。かわいそうに」

「なんでこてっちゃんが泣くの？」

意味がわからなくて首をかしげる。

「ううん、なんでもない。那知はまだ知らなくていいから。それより、また会えるといいね」

「うん」

「がんばってね、応援してるから」

「ありがと」

遥希のことで胸がいっぱいになっていく。

好きって認めたとたん、一気に気持ちがふくらんだような気がするよ。

これが……恋、かぁ。

今までカッコいいな、好きだなって思った男の子はいるけど、ここまで思いをつのらせたことはなかった。

恋をするとこんなにくすぐったい気持ちになるんだね。

「ねぇ、もしだよ？　もしまた会えたら、思いきって花火大会に誘ってみるっていうのはどう？」

ケーキをほおばりながら、ゆずがキランと目を輝かせる。

「花火大会？」

あたしも同じようにケーキを食べながら聞き返した。

「そう！　この辺じゃ、川沿いの花火大会が一番大きな夏のお祭りだし、夏休みの間に距離を縮めておきたくない？」

「え、でも。そんな簡単に会えるかな？　あんな偶然、もう起こらないかも」

それなのに、さらに花火大会に誘うってハードル高くない？

「でも、偶然はまたあるかもしれないじゃん。もしまた会えたら、思いきって誘ってみなよ！　もし、花火大会までに会えなくても、隣町に住んでるんでしょ？　お祭りに来る可能性はあるんだから、探してみるとか！　とにかく那知からどんどんアプローチしていかなきゃ。チャンスをモノにできるかどうかは、自分次第なんだからね！」

「………」

花火大会か。

行きたいけど……でも。

誘えないよ～！

誘う以前に、遥希にまた会えるかどうかもわからないのに。

「那知、かわいい！　超まっ赤じゃん」

「ううっ……」

はずかしい。

ビーズクッションを胸もとに置いて、ギュッと抱きしめる。

あたしの恋バナでかなり盛りあがり、気づけばもう陽がかたむき始めていた。

ゆずの家に勉強しにきたはずなのに、結局最初の一時間ほどしかマジメにやらず、あたしの恋バナがメインになってしまったけど、今日は楽しかったからよしとする。

花火大会か。

誘えるかな。また会えたら、その時はがんばって誘ってみよう。

ゆずの家を出て、そんなことを考えながら歩いていた。

川沿いの桜並木の下、オレンジ色に輝く夕日がとてもキレイ。

毎年、この川沿いで規模の大きな夏祭りが開催されるのだ。端から端までズラリと屋台が並んで、花火も八千発上がる。

「なーちー！」

立ち止まって夕日に見とれていると、背後からあたしのことを呼ぶ声が聞こえた。

その声の主は全速力で走ってくるとあたしの隣に来て、ニッと笑う。

「よ、どこ行ってたんだよ？」

「こてっちゃん」

部活帰りのこてっちゃんは、今日の練習もハードだったのか、ジャージは泥だらけ。

疲れてヘトヘトのはずなのに、まだまだ走る力があり余っているなんて、さすがサッカー部のキャプテンだ。

「ゆずの家で勉強してたの。部活おつかれさま」

「勉強ね～、よくやるな。一緒に帰ろうぜ」

「うん」

「今日さぁ……タナッシーが」

こてっちゃんと一緒にいると、彼がひとりでベラベラしゃべっているから話題に困ることはない。

この頃はもっぱら部活の話で、決勝戦が近いから練習の追いこみが激しいらしい。

負ければ引退、勝てば県大会出場。

まだまだこてっちゃんの夏も終わらない。

「あのさ、今度……祭りあんじゃん？　あれ一緒に行かね？」

「え？」

「中学最後の思い出作りに、那知とふたりで行きたいなって」

ふたりでお祭り？

「ごめん……こてっちゃん。あたし、ほかに一緒に行きたい人がいるの」

「どうせ百沢だろ？　なら、みんなで一緒に行きゃいいじゃん」

「違うの、ゆずじゃないの」

「じゃあ、誰だよ？」

眉間にシワを寄せながら、真剣な目で問いつめるようにあたしを見つめるこてっちゃん。

「えーっと……こてっちゃんの知らない人だよ」

遥希、だなんて言えない。

知られたら、からかわれるのはわかってるもん。

一緒に行ける保証なんてないけど、でも、もしまた会えたら……。

誘ってみたい。

「誰だよ、俺の知らないやつって。男？」

「さぁ、知らなーい」

こてっちゃんから逃げるように走りだす。

「那知、テメー、待てよ」

「あはは！　じゃあね、バイバーイ！」

「待て、こらっ！　おい」

ごめんね。

保証がなくても、あたしはまた会えるって信じたいの。

もう一度、遥希に会いたいよ。


会いたい。

どれだけ願ったかな。

現実はやっぱりドラマのようにはいかなくて、とうとうお祭りの日がきてしまった。

あーあ。

あたし、なにやってるんだろう。

楽しそうに通り過ぎていく人たちを眺めながら、かれこれ一時間もボーッとしちゃってる。

川沿いに屋台が立ち並び、提灯《ちょうちん》の明かりが奥まで続いている。その先にある神社の中は、ここよりもさらにすごい人であふれているだろう。

ほんと、なにやってるんだろ。

会えるはずがないって思いながらも、直前まで来るかどうか悩んで。でも、結局こうして、お祭りの会場にいる。

遥希と会える保証なんてないのに、ほんとどうかしてる。

「那知？」

名前を呼ばれてハッとした。

期待に胸が高鳴り、反射的に顔を上げる。

だけど――。

「なんだ、こてっちゃんか……」

弾んだ気持ちが一気にしぼんだ。

「なんだって、なんだよ。失礼なやつだな」

怪訝そうに眉を寄せてあたしを見下ろすこてっちゃん。

こてっちゃんは部活帰りの泥だらけの格好ではなく、ジーンズに白のポロシャツのラフなコーディネートでオシャレに決めていた。

「おまえ、ひとりでなにやってんの？」

「ボーッとしてる」

「ボーッとって、誰かと約束してるんだろ？」

「してないよ」

「はぁ？　一緒に行きたいやつがいるっつってたじゃん」

「でも、約束はしてないの」

「なんだよ、それ。してねーのに来たんだ？」

「うん……。こてっちゃんは誰かと待ち合わせ？」

「サッカー部のやつら」

「そういえば、さっきタナッシーのこと見かけたよ。向こうのほうにいると思う」

「ふーん」

こてっちゃんはしばらく考えこんだようなそぶりを見せると、あたしの隣にドカッと座りこんだ。

「行かないの？」

「仕方ないから、寂しい那知につきあってやるよ」

「ふふ、ありがと。でもあたしは大丈夫。ボーッとしてるだけだから」

バカだよね。

こんなイタイ女、ほかにいないよ。

約束もしてないのに、ひとりで待ってるなんて。

ほんとバカみたい。

「ほらほら、タナッシーを待たせちゃかわいそうじゃん。あたしは大丈夫だから」

「寂しそうなおまえをほっとけねーよ。ほかにもサッカー部のやついるし、タナッシーはほっといても大丈夫だから」

「寂しくなんかないよ」

「ちげーよ。そういうんじゃなくて、俺がおまえのそばにいたいの。ったく、言わせんなよ、んなこと」

なぜかプイとそっぽを向き、こてっちゃんは唇をとがらせる。

その横顔は、なんとなくスネているように見えた。

「こてっちゃんはほんとに心配性だね。あたしに構わなくていいよ。ほら、行った行った！」

「わ、ちょ、押すなって」

こてっちゃんと押し問答をしながら、人混みの中にふと目を向ける。

浴衣を着たカップルや小さな子ども連れの家族、仲良さそうに歩くおじいさんやおばあさん。同世代の男女のグループ。みんな楽しそうに笑っている。

このたくさんの人たちの中に……いるわけ、ないか……。

ここで会えたら奇跡だよね。

「工藤ー！　早く早く！　みんな集まってるよー！」

「おう！」

聞き覚えのある名前と声に顔を上げる。

次の瞬間、息をするのも忘れて体が強張った。

う、そ……。

「工藤ってば、もうすぐ花火が始まるよ～！　お腹空いたからなにか食べたいのに。もう時間がないよ！」

「じゃあ、なんか買ってから行くか。ちょっとぐらい遅れても大丈夫だろ」

「うーん、そうだね。工藤はなに食べたい？」

「食えたらなんでもいいよ」

「なんでもいいって一番困るー！」

仲の良さそうな会話が聞こえてきた。

ふたりは人混みの中を縫うように歩きながら、屋台に並ぶたこ焼きやたい焼きを眺めている。

――ドキドキ。

会えた。

奇跡が起こっちゃったよ。

遥希だ。

遥希がいる。

あたしには気づかずに行ってしまったけど、小さくなっていく遥希の背中から目が離せない。
一緒にいたのは、キュートなピンク色の浴衣を着たベリーショートの女の子。
見覚えがある子だった。
試合の時に見た、対戦相手の中学校のサッカー部のマネージャー。
印象が違って見えるのは、浴衣とナチュラルメイクのせいかな。すごくかわいかった。
今から一緒に花火を見るの？
ふたりきりではなさそうだけど、どんな関係なんだろう。
つきあってたりするのかな。
そうじゃないとしても、遥希は整った顔をしてるから、モテるだろうしね……。
そう考えると、チクンと胸が痛んだ。
遥希に彼女がいるなんて、今まで考えてもみなかった。
一方的にいないと思いこんでたけど……違ったのかな。
考えてみれば、あたしは遥希のことをなにも知らない。
それなのに、勝手に会えるって信じて、盛りあがって、ドキドキして。
あげくの果《は》てには、ひとりでこんなところで待ちぶせまでしちゃって、バカみたい。
こんなに会いたかったのは、あたしだけだったのかな。
そう思うと、ジワッと涙がこみあげてきた。
胸が苦しくてどうしようもない。

もう……帰ろうかな。

「那知、行くぞ」

こてっちゃんに勢いよく腕をひっぱられた。

「ちょっと待って、どこに行くの？」

突然のことに、足がもつれて転びそうになる。

「腹減ったから、なんか食おう。なに食いたい？」

「食欲ない、かも」

それにお祭りっていう気分じゃなくなった。

「わかった、たこ焼きだな」

人の話なんて、聞いちゃいない。

「それ、自分が食べたいやつだよね」

「那知も好きだろ、たこ焼き」

「好きだけど……」

こてっちゃんは我が道を進んで、周りを巻きこんでいくタイプ。

突拍子もないことをしたり、理解できない行動を起こしたり。

「せっかく来たのに、楽しまないなんて損だろ」

「でもあたし、もう帰りたい」

「はぁ？　そんなの俺が許すわけねーし」

「もう！」

強引なんだから。

あきれながらも、最終的にはこうしてあたしが折れるんだ。

こてっちゃんはたこ焼きを買うと、次はフランクフルトの列に並んだ。

「ほら、那知も食えよ。あーん」

「いいよ、お腹空いてないから」

「食わないと大きくならないぞ。とくにこの辺が」

からかうように笑いながら、こてっちゃんはあたしの胸を指差す。

そして、あたしが拒否したたこ焼きを自分の口に入れた。

「な、なに言ってんの！　セクハラオヤジみたいなこと言わないで」

バカバカ、こてっちゃんのバカー！

ぺったんこのまな板胸、あたしも気にしてるんだから！

「俺はいいよ、ぺったんこでも。愛せる自信がある」

握り拳を作りながら、自信満々なその横顔。

「も～またそんなこと言って！　それ以上言うと本気で怒るよ？　気にしてるんだから！」

ほんと、デリカシーがなさすぎる。

「ぺったんこでも、那知はかわいい」

ムッ。

そんなの、全然うれしくない。

これでも一応すごく悩んでるんだから。

「こてっちゃんにかわいいって言われてもうれしくない」

ほんと、失礼なんだから。

目が合ったから、フンとそっぽを向いてやった。

絶対許してやんないんだから。

「怒んなよー、那知。俺はぺったんこでもいいって言ってんだろ」

あたしの肩を抱きながら、こてっちゃんは否応なしに顔をのぞきこんでくる。

ムダにイケメンなところが、なんだか憎たらしい。

それにこてっちゃんは背が高いから、見下ろされてる感じがしてすごくイヤ。

顔、近すぎだし。

「もう、離れてよ」

「ムリ。那知の感触好きだから」

「ヘンなこと言わないで～！　周りの人にカン違いされるでしょ」

「べつにいいんじゃね？　俺は……那知ならいつでもオッケーだし」

「こてっちゃん、とにかく離れて」

こてっちゃんの手を振りほどいて逃れようとしていたら、隣のたい焼きの屋台の列に並んでいた人にぶつかってしまった。

「す、すみませ――」

顔を上げて、ハッとする。

ぶつかった相手は、遥希だった。スタイリッシュなベージュのチノパンに襟《えり》のある白いシャツを羽織っていてすごくオシャレ。

「那知？」

遥希はあたしに気づいて目をパチクリさせた。

隣の女の子も、不思議そうにこっちを見ている。

ほんの数秒だったと思う。時間が止まったかのように見つめあった。

だけどすぐさま我に返ったあたしは、まだ肩を抱き寄せてくるこてっちゃんの手をそっと払って遥希に向き直る。

「あ、えっと……久しぶり、だね」

緊張して声が上ずる。

顔、引きつってないかな？

「だな」

っていうか、この状況はかなり気まずい。

「那知の知り合い？　どっかで見たことある気がするんだけど」

こてっちゃんは、あたしの腕を引きながらそんなことを言う。

「桜尾中のサッカー部、十九番の工藤だよ。試合ん時はどうも。東田中のキャプテンの稲葉だろ？」

ちょっと失礼な態度のこてっちゃんに、にっこり笑って神対応。

すごい。

大人だ。

あんなに悔しがって泣いてたのに、そんな様子は微塵《みじん》も顔にださずに笑ってるよ。

「あー、そうそう！　あの時の！　どうりで見覚えがあったわけだ」

思い出したのか、ポンと手のひらを叩いて満面の笑みを浮かべるこてっちゃん。

「思い出してくれた？」

遥希もうれしそうに微笑んだ。

「おう、今思い出した」

「はは、そりゃどうも」

そんなふたりの会話を聞きながら、ふと浴衣姿の女の子と目が合った。

会釈《えしゃく》したけどわざとらしく顔をそらされてしまい、なんだか後味が悪い。

「工藤、あたしやっぱりたい焼きいらない。向こう行こ」

「けど、ミズホが食べたいって言いだしたんだろ」

「気が変わったの。デート中みたいだし、邪魔しちゃ悪いじゃん」

女の子はそう言いながら、あたしとこてっちゃんに視線を向ける。

明らかにあたしに敵意をもっているのがわかるような目つき。

なにかをしたわけじゃないのに、どうやらきらわれちゃったようだ。

なんだかチクリと胸が痛んだ。

「違うよ、デートなんかじゃないから」

「でも、お似合いのふたりだよ？　ね、工藤」

女の子はさりげなく遥希の腕を両手でギュッと握った。

それを見て、あたしの胸もギュッと痛む。

「ああ、お似合いだな」

遥希。

本気で言ってるの……？

そのひとことに胸が締めつけられた。

そんなこと……遥希にだけは言われたくなかったのに。

「っていうことだから、さようなら」

フフンと勝ち誇ったかのような顔で笑ったミズホさんは、遥希の手を引いて行ってしまった。

すぐにわかった。

ミズホさんは、きっと遥希のことが好きなんだってことが。

去っていくふたりの背中を眺めながら、ズキンズキンと胸が痛む。

「お似合いだって。なんなら、マジでつきあう？」
胸が痛くて、苦しくて。
こてっちゃんの冗談に返事をする気さえ起きない。
遥希を想うと、こんなにも苦しくなる。
こんなにも切なくなる。
こんなことなら、あたしも浴衣を着てくればよかった。
メイクもして、髪型もかわいくアレンジしてくればよかった。
そうすれば、ミズホさんに引け目を感じることもなかったかもしれない。
悔しいけど、あの子と遥希はすごくお似合いだ。
ひと目見た瞬間から、負けたって思った。
ミズホって、名前で呼んでたよね……。
腕を引かれても、イヤそうじゃなかった。
つきあってるのかな？
遥希もミズホさんのことが好きなの？
ふたりは両想いなの？
気になって仕方がなくて、気分は沈む一方。
また涙があふれそうになった。
「那知、聞いてんのかよ？」

「え……？」

我に返って隣を見るとムッとしたように頬をふくらませているこてっちゃんの顔。

しまった、聞いてなかった。

「ごめん、なに？　なんか言った？」

とっさに愛想笑いを浮かべる。

「聞いてなかったのかよ。花火が観れる場所に移動するぞって言ったんだ」

「ごめんごめん」

「ったく」

こてっちゃんはブツブツ言ってたけど、いつまでもふたりのことが引っかかって。

花火を観ている間も、終わってからも、帰りながらも。

ずっとモヤモヤしていた。


それから二日後。

なんとなく足が公園に向かった。

花壇のひまわりは今日も元気に咲いていて、セミも相変わらずうるさい。

サッカーのグラウンドの前までたどり着くと、誰かがひとりでボールを蹴っているのが見えた。

動くたびに揺れるくせのないまっすぐな黒髪。

真剣な表情で脇目も振らずにゴールに向かって駆けていく姿。

ウソ。

また……会えた。

──ドキン。

心臓が大きく波打ち、彼から目が離せなくなる。

気づくと花壇のそばに立って、一生懸命サッカーの練習をする遥希に見とれていた。

「あれ、那知?」

それからどれくらい経ってからだろう。

遥希があたしに気づいたのは。

激しい練習のあと、まだ少し息を切らしたままの遥希が、スポーツタオルで汗を拭きながらキョトンとあたしを見つめる。

純粋でまっすぐで、汚れなんて知らない澄んだ瞳。

そんな遥希の瞳を直視していると、吸いこまれそうになった。

「祭り以来だな。この前はせわしくてごめん」

「ううん、こちらこそ」

「今日もひまわりを見にきたんだ?」

クスッと笑いながら、からかうように遥希は言う。

「あ、えっと……今日もっていうか、ほとんど毎日なんだけど」

「毎日？」

「うん」

遥希に会いたくて、とは言えない。

はずかしすぎる。

「はは、よっぽどひまわりが好きなんだな」

「まぁ、ね」

ひまわりじゃなくて、遥希のことが好きなんだよ。

「遥希はサッカーの練習？」

「俺？」

「うん」

「まぁ、そんなところかな。受験生がなにやってんだって感じだけど」

受験生。

そっか。

同じなんだよね。

「遥希はどこの高校を受験するの？」

「まだはっきりとは決めてないけど、たぶん宮園《みやぞの》高校に行くと思う」

へえ。

「宮園かぁ。頭いいんだね」

「んなことないって。普通、普通」

「普通の人が宮園に行くわけないよ」

だって、この辺じゃトップの進学校だよ？

「那知は？」

「え？」

「どこ受験すんの？」

「あ……えっと、あたしも宮園、かな」

うん、今決めた。

でも、前から決めてましたよっていう顔をしておいた。

遥希に合わせたなんて思われたら、あたしの気持ちがバレバレだから。

「なんだよ、じゃあ俺と同じじゃん」

屈託《くったく》なく笑う遥希の笑顔が好き。

一緒にいるとこんなにも温かい気持ちで満たされる。

これほど会いたかったのは、あたしだけだったのかな。

毎日遥希のことばっかり考えて、お祭りの日はミズホさんと一緒にいるところを見て落ちこんで。

今だってほんとはモヤモヤしてるけど、会えたよろこびのほうが大きくて。

ミズホさんとのことを、聞きたいのに聞けない。

もしも、本当にふたりがつきあっていたら……かなりツラいから。

でも気になる。

なにこの矛盾《むじゅん》。

恋ってしんどい。

遥希といるとうれしかったり、落ちこんだり、嫉妬《しっと》する気持ちとか、今まで感じたことがなかった感情まであふれてくる。

「ぷっ、那知って相変わらずボーッとしてんのな」

遥希は今度はイタズラッ子のように笑った。

あたしはきっと、この笑顔に惚れたんだ。

だってほら。

遥希の笑顔は、こんなにもあたしの胸を熱くする。

「那知」

あたしの名前を呼ぶ、低くて優しい声が好き。

「暑いから、ベンチに移動しようぜ」

穏やかにさとすようなしゃべり方が好き。

遥希のもつ、温かい雰囲気が好き。

なにもかも、全部。

全部……好き。

あたしたちはベンチに並んで腰をおろした。

そっと横顔を見ると、胸の奥が締めつけられて好きだなって強く思う。

「なに見てんだよ？　普通に照れるって」

クシャッと顔をほころばせて、流し目でこっちを見る遥希の横顔がほんのり赤い。

「え？　あ……ご、ごめん。なんでもないからっ」

あわてて前を向くと、クスッと笑われた。

木陰のせいかセミの鳴き声がより一層うるさくて。

でもこの空間に居心地のよさを感じているのも事実。

このまま時間が止まればいいのに……なんて。

そんなことを考えていた時だった。

上からポトッとなにかが落ちてきて、頭に乗った感触がした。

「な、なに？」

ミーンミンと頭上で声がする。

も、もしかして！

「セ、セミ……！」

とっさに頭をさわると、羽をバタつかせたセミが……。

その瞬間、全身に鳥肌が立った。

「きゃー！　ムリムリ！　ムリ！　ヤダヤダ！　遥希、お願い！　助けて～！」

キャーキャー言いながらセミを振り払おうとジタバタする。

ムリムリ、ほんとムリ！

頭上で動いていると思うだけでもゾッとするのに、手に当たるとかありえないよ。

「遥希お願い、どうにかしてー！　ほんとにムリ！　セミだけはカンベンだよー！」

半泣きになりながら遥希にしがみつく。

「遥希、お願い！　あたしの頭からセミを取って！　ほんとにムリなんだよぉ……っ」

パニックになって、思わず遥希にギュッとしがみついた。

ヤバい。

ほんとに泣きそう。

しまいにはうっすら涙がにじんだ。

昔からセミだけは大の苦手なんだ。

「那知、じっとしてて」

「ううっ……」

遥希の手があたしの頭にふれて、セミをつかんだ。

髪の毛に絡むことなく、すっと取り除かれるセミ。

「取れた。もう大丈夫」

「ほ、ほんと？」

おそるおそる顔を上げると至近距離で目が合った。

わー、あたしったら！

どさくさにまぎれて遥希に抱きついちゃった！

「ごご、ごめんっ！」

あわててパッと離れた。

「はは、那知って大胆なんだな」

「そ、そんなことは……」

ない、はず。

だけど強く言い返せないのは、大胆にも抱きついちゃったあとだから。

「じゃあ俺、そろそろ行くよ」

「え？　もう？」

「あー……うん」

歯切れ悪く言うと、髪の毛をそっとさわった。

髪をくしゃっとするその仕草、好きだな。

「じゃあな」

「あ……ちょっと」

もうこれっきり？

これで終わりなの？

そんなの……やだよ。

「待って！　連絡先教えて」

あたしは立ちあがった遥希の腕をつかんで、必死に引き止めた。

「連絡先？」

「うん！　遥希とこれっきりにしたくないから」

会えなくなって後悔するのはもうイヤだ。

どうにかして、遥希とつながりたい。

「ほんとはね……もう一度会いたいって思ってた。会えなくて、ずっと寂しかったの」

本音があふれだして止まらない。

好きだって、心が叫んでる。

この気持ちが、全部遥希に届けばいい。

「これからも、遥希と会いたいの。だから……」

真顔でじっと見つめられ、はずかしさが増していく。

自分からこんなふうに積極的になるなんて初めての経験だ。

「これっきりなんて、イヤだよ」

シーンとした沈黙が流れる。

お願い、早くなにか言って……。

はずかしすぎて、どうにかなっちゃいそうだよ。

ギュッと目を閉じながら、遥希からの言葉を待った。

「あんまりさ、期待させるようなことは言わないほうがいいよ」

え……？

返ってきたのは意外な言葉。

「そんなこと言われたら、カン違いするから」

「カン、違い……？」

「俺のことを好きなんじゃないかって……」

「え？　あ……いや、その」

ど、どうしよう。

このまま言ってしまおうか？

そのほうがちゃんと伝わるよね……？

はずかしいし、緊張するけど……でも。

「か、カン違いなんかじゃないよ」

ちゃんと伝えたい。

もう隠し通すことなんかできないよ。

「遥希のことが……好き、だから」

「…………」

「毎日、遥希のことばっかり考えてた。お祭りで見かけた時もうれしくて。頭から離れなくて、今日だってほんとは遥希を探しにここに来たんだよ。ずっと、会いたかったの」

戸惑うように揺れる遥希の大きな瞳。

信じられないとでも言いたそう。

「ほんとだよ？　ほんとに遥希のことが好きなの」

信じてほしくて、遥希の腕をギュッとつかんだ。

「遥希」

そして、おそるおそる遥希の顔を見る。

「……好き」

「あー……もうっ！」

遥希は自分の頭をガシガシかき回しながら、しゃがみこんで膝の間に顔をうずめた。

「は、遥希？　どうしたの？」

「どうしたのって……なんで那知は……そうやって」

顔を横に向け、スネたような目であたしを見る遥希はまっ赤だ。

なんでそんなに赤いの……？

照れてるのかな？

なんだかあたしまではずかしくなって、顔が熱くなった。

「俺の気持ちをかき乱して、楽しい？」

「え？」

どういう、こと？

「遥希……？」

同じようにしゃがみこんで、じっと見つめる。

耳までまっ赤だ……。

ねぇ、なんで？

教えてよ。

「あたし……ほんとに遥希のことが好きだよ」

緊張して声が震える。

でも、この気持ちが全部届けばいいと思うから。

「ねぇ、遥希……聞いてる？」

「…………」

熱を帯びたその瞳に、吸いこまれそうになる。

そんな目で見られたら、カン違いしてしまいそうになる。

遥希もあたしを好きなんじゃないかって。

ドキドキと心臓がうるさい。

「ねぇ……好き」

「なん、で……っ、そんなこと言うわけ？」

どこか不服そうな、でもとても真剣な顔。

吸いこまれそうなほど、まっすぐでキレイな瞳。

ああ、あたしは遥希のこの瞳に弱い。

「なんでって……好きだから」

「彼氏、いるだろ？　それなのに」

え？　彼氏……？

「これ以上、俺の気持ちをかき回すなよ。会いたいとか、彼氏以外の男に言うもんじゃないだろ」

「いないよ、彼氏なんて」

それに、彼氏がいたら遥希に会いたいなんて言うはずないじゃん。

ましてや、好きだなんて言わないよ。

「肩……組んでたじゃん。仲良さそうだったし、お似合いだった」

「え……？」

思わず首をかしげる。

すると、遥希は口もとをゆるめてフッと笑った。

口は笑っているのに目は笑ってなくて、ヒヤッとさせられる。

「夏祭りの時だよ」

「……？」

夏祭りって……。

「稲葉とラブラブだったじゃん」

「え？」

こてっちゃん？

ラブラブって……。

もしかして夏祭りの時のじゃれあいを見て、カン違いされちゃった？

「つきあってんのに、俺のことが好きっておかしいだろ」

「ち、違うよ」

まさか、誤解されてたなんて。

あたしとこてっちゃんがつきあってるわけないのに。

「こてっちゃんとはじゃれ合ってただけっていうか！　なにもないから」

必死に弁解する。

だって、カン違いされたくない。

「あたしが好きなのは、遥希だけだから」

「マジで……言ってる？」

「うん！　カン違いさせちゃったならごめん。でも、ほんとにこてっちゃんはただの幼なじみだよ」

「だって……おかしいだろ？　稲葉じゃなくて、なんで俺？　アイツのほうがカッコいいし、背も高いし、サッカーだって……」

「あたしは遥希の一生懸命なところが好きなの」

きっと、初めて会った時から好きだった。

惹かれてた。

一目惚れ《ひとめほれ》だったんだと思う。

遥希じゃなきゃダメなんだ。

「好き、なんだよ……ずっと、会いたかったもん」

お願いだから、信じて。

「俺も……ずっと那知のこと考えてた」

ギュッと手を握り返されて、ドキッと胸が高鳴る。

真剣な、まっすぐな瞳を直視できない。

「稲葉とつきあってるって考えたら悔しくて。祭りの日からずっとモヤモヤしてた。アイツに勝てるとこなんかないし。今日だって、稲葉といる那知を想像したら自分がすげえ情けなくなって、ヘコんで。なんでこんな気持ちになるのかわからなかったけど……今日会って確信した」

――ドキンドキン。

遥希のまっすぐな瞳と視線が重なる。

「俺も那知が好きだ」

「……っ―」

遥希……。

どうしよう。

うれしい。

顔が一瞬でまっ赤になった。

「ほんとに？　ほんとにあたしを好きなの？」

「うん……那知に好きだって言われて、うれしかった」

両想いってことだよね……？

信じられない気持ちでいっぱいで、まだ現実味がわかない。

夢でも見てるんじゃないかな。

「ははっ……なんか照れるな」

「うん……」

遥希の顔が赤いのを見て、さらに赤くなる。

ほんと、夢みたいだよ……。

試しに頬を軽くつねってみた。

「いたっ」

やっぱり、夢じゃないんだ？

「ぷっ、なにやってんだよ」

目の前でクスクス笑う遥希。

「だって！　夢だったらイヤだから」

「はは、夢なわけないだろ」

「う、うん。そうだよね。わかってるんだけど」

まさかの急展開に頭が追いつかないんだよ。

自分から告白しておいてあれだけど、両想いだなんて思ってもみなかった。

「那知のそういうところ、マジでかわいい」

「……っ」

うっ。

やめて、からかうような目で見ないで。

ドキドキしすぎて、おかしくなりそう。

「そういえば、ミズホさんとはなにもないの……？」

ずっと気になってたことを思いきって聞いてみた。

てっきりミズホさんとつきあっていると思いこんでいたけど……どうなのかな。

はっきり聞いておきたいところ。

「ミズホ？」

「うん……お祭りの時に一緒にいたでしょ？　仲良さそうだったから、気になって。それにかわいかったし」

「ただの友達だよ。那知が気にするようなことはなにもない」

ただの友達。

ほんと？

ミズホさんは友達だなんて思ってないと思うけど。

「もしかして、疑ってる？」

「だって、遥希はミズホさんのことを好きだと思ってたから」

「はは、それだけは絶対にない。ミズホはいろんなやつと仲いいし、誰にでも気にせずズバズバ言うし、男みたいなやつだから」

「ほんと？　ほんとになんとも思ってない？」

「ほんとだよ。俺が好きなのは、那知だけだから」

「……っ」

もう、ダメだ。

頭がクラクラする。

大胆なことをサラッと言わないで。

どんどん好きになっていくよ。

「俺、那知の照れた顔見るの好きかも」

「ええ？」

「すっげーかわいい」

ううっ。

はずかしすぎる。遥希の顔が見られないよ。

でもそれは、きっとあたしだけに見せてくれる特別な顔。

そんなささいなことに幸せを感じる。

「ねぇ、連絡先教えてくれる……？」

これからも、あたしと会ってくれる？

「うん、俺も知りたい」

あたしたちはお互いにスマホをだして、連絡先を交換した。

「あ、それとね。来年の夏はふたりで夏祭りに行きたいな」

「夏祭り？」

キョトンとした表情で首をかしげる遥希。

「遥希と行きたいの。ダメ？」

「ダメじゃないけど、俺とでいいの？」

「うん！　遥希がいいの！」

力強くうなずくとクスッと笑われた。

「じゃあ、約束な！」

そう言って小指を差しだした遥希の指に、自分の小指を絡めた。

＊＊＊

動き始めた時計

「はぁはぁ……」

翌朝、激しい頭痛に見舞われて目が覚めた。

頭が割れてしまいそうなほど痛む。

あたし、また過去の夢を見たの？

思い出そうとするとズキンズキンと頭が痛みだし、思考が曇る。

はっきり覚えているのは、照れたような遥希の笑顔。

ひまわりの花壇のそばで、お互いに「好き」って言いあっていた姿。

あたしたちは両想いだったのかな？

つきあってたの？

「うー……だとしたら、あんなのはずかしすぎるよ」

あたしから告白してたよね……？

まったく身に覚えがないからヘンな感覚だ。

でもこの胸のドキドキはホンモノで、夢の中だけじゃなくて、実際の遥希にもときめいている。

しばらくしてベッドから起きあがると、頭痛はすっかり治っていた。

そして、退院した時から丸テーブルの上に置きっぱなしになっていたスマホを手に取る。

どこを押しても電源が入らなくて、充電器にさした。

今までなんとなく見る気になれなかったけど、今日は違う。

ものすごく気になるから、思いきって電源を入れてみた。

だけど――。

「わ、パスコードがわかんない」

四桁の数字を入力する画面が出てきて、ガクッと落ちこむ。

思いつく数字は誕生日くらいしかなかったけど、エラーが出てしまった。

これじゃ中を見ることはできない。

それどころか、誰かと連絡を取ることさえもできない。

「はぁ」

気分が上がらないまま一階に行くと、リビングには誰の姿もなかった。

「みんな出かけたのかな」

冷房も効いていないから、室内は蒸し風呂のように暑くて、じっとしていても汗が流れ落ちる。

今日も快晴で、外は一段と暑そうだ。

遥希は公園にいるのかな。

また会える？

あれはただの夢？　それともあたしの記憶が夢の中で戻ってきたのかな？

今日見た夢の真相を確かめたい。

朝ごはんを軽くすませて歯を磨き、着替えて出かける準備をした。

「あ、那知」

家の門を開けて道路に出ると、たまたまゆずが通りかかった。ゆずはあたしの姿を見るなり足を止めた。

「おはよう～、なになに？　どっか行くの？」

細身のキャミにスキニーのジーンズをはいて、日傘をさしているゆず。

スタイルがよくて美人なあたしの親友。

「裏の公園に行こうと思って」

「公園？」

「ひまわりを見にいくの」

「たしかにキレイだけど、暑くない？」

炎天の中、アスファルトの道路からは陽炎《かげろう》が揺らめいている。

今日も猛暑だ。

ゆずは信じられないとでも言いたそうな表情を浮かべていた。

「暑いけど、ひまわりを見てたら落ち着くんだよね」

「ひまわり、ね」

ゆずはなぜか寂しそうに眉を下げて笑った。

「やっぱり、思い出はそう簡単に忘れられないものなのかな」

そして、意味深なことを言う。

あたしはわけがわからなくて、疑問を投げかけるようにゆずの目をじっと見つめた。

「ごめんごめん、ひとりごと！　ヤバ、遅れちゃう！　これからデートだから、またね！」

「うん……バイバイ」

気になりつつも、足早に去っていくゆずの背中を見送った。


サッカーのグラウンドが近づいてくると、遠目に誰かがいるのがわかった。

猛暑の中、ボールを蹴って走り回っている。

遥希だ。

遥希がいる。

こんな暑さなのに、太陽の下を元気に走り回っている。

本当にサッカーが好きなんだね。暑さなんて感じてないみたいに、楽しそう。

昨日も会ったのに、今日も会えてうれしいと思っているあたしがいる。

「遥希ー！」

思いきって大きな声で叫んだ。

すると、驚いた様子で遥希がこっちを見る。

あたしだとわかると、にっこり笑って大きく手を振ってくれた。

「よ、那知！」

全速力でこっちに駆けてくると、さらに目を細めて笑ってくれた。

「暑いのに元気だね」

「サッカーのことになると、暑さも忘れて没頭しちゃうんだよなぁ」

「それほど好きなんだね」

「まぁな」

そう言いながらニコッと微笑む姿にドキッとする。

「あ、そうだ。今日の夕方六時、イチョウ広場の時計台の下に集合な」

「え？」

「絶対来いよ？」

意味深にクスッと笑って、遥希は再びボールを蹴り始めた。

それ以上はなにも聞くことができず、ぼんやりその光景を見守るしかなかった。

夕方六時、イチョウ広場の時計台の下。

いくら考えてみても、そこでなにがあるのかなんてわからない。それ以前に、イチョウ広場ってどこにあるんだろう。

家に帰ったあと、リビングで涼んでいるとママと弟の琉音が帰ってきた。

どうやら買い物に行っていたらしい。

「ねぇ、るお君。イチョウ広場ってどこにあるか知ってる？」

ママに聞こえないようにコソッと耳打ちする。

「うん、知ってるよ」

「ほんと？　場所教えてほしいなぁ」

「わかった！」

そうお願いすると、るお君は紙とペンを取りだして地図を書いてくれた。

絵が得意なのか、とても上手で目印になるものを描き入れてくれている。さすが優しくて頼りになる弟。

「お姉ちゃんも夏祭りに行くの？」

「え？」

「イチョウ広場に行くってことは、そうなんでしょ？　みんなそこで待ち合わせしてるもん」

夏祭り？

「俺もパパと約束してるんだ。お姉ちゃんも誘うつもりだったけど、誰かと行くの？」

「あ……うん、友達と約束してて」

とっさにそう言ってしまった。

遥希はあたしを夏祭りに誘いたかったの？

確信がないからわからないけど、それしかないよね。

そういえば、夢の中では来年は一緒に行こうって約束してたっけ。

夏祭りが今日だったなんて思いもしなかった。


——カランコロン。

歩くたびに下駄が音を立てた。

髪の毛は高いところでお団子にして、薄黄色のひまわり柄の浴衣とよく合っている。

あのあと結局ママにバレてしまい、浴衣を着せてもらったのだ。

誰と行くかを言えなくて、ゆずと行くってウソついちゃった。

多少のうしろめたさはあるものの、気持ちはすごく弾んでいる。

履きなれない下駄も胸を圧迫する帯も、すべてが新鮮だ。

どうしよう、緊張してきちゃったよ。

これって、デートだよね？

周りには浴衣姿の女の子がたくさんいて、彼氏と手をつなぎながら幸せそうに笑っている。

夢の中のあたしも、あんなふうに笑ってたよね。

早く記憶を取り戻したい。

遥希のことや、家族のこと、友達のこと、いろんなことを思い出したい。

心にぽっかり空いた穴の理由も全部。

イチョウ広場に着くと、大きな時計台が見えた。その下で待ち人を待つたくさんの人たち。その中に遥希の姿を見つけた。

「ごめんね、お待たせ！」

走り寄り、両手を顔の前で合わせる。

「いいよ、俺も今来たところだから」

自分の髪をくしゃっとしながら優しく笑う遥希。

「お、浴衣じゃん」

「うん、ママが着せてくれたの。どう、かな？」

えへへと笑いながら遥希の顔を見上げる。まっすぐでサラサラの黒髪の隙間からのぞく瞳がやわらかく細まった。

「ひまわり柄がよく似合っててかわいい」

うっ。

そんなにストレートに言わないで。

うつむきながら黙りこむ姿に、遥希は小さくふきだした。

「照れてんの？」

「はい……」

かわいいって言われて、照れない人はいないよ。

「ぷっ、相変わらず素直だな」

「ふ、普通は照れるよ～！」

「はは、まっ赤じゃん」

遥希の大きな手がそっと頬にふれた。

その瞬間、身体に火がついたように熱くなる。

優しいまなざしで頬をなでる仕草に、なぜだか言葉がつまって声が出ない。

「よし、じゃあそろそろ行くか」

頬に当てていた右手が下りてきたかと思うと、その手は今度はあたしの左手を握った。

今日一番、トクンと胸の鼓動が高まる。

「は、遥希……手」

「なにか問題でもある？」

「そうじゃなくて、ちょっとはずかしい……」

手をつなぐなんて、全然免疫《めんえき》がないんだから。

「那知はすぐ迷子になりそうだからな」

なんて言って、さらにギュッと握ってくる。

ずるいよ、あたしばっかりドキドキさせられて遥希は平然としてるなんて。

一緒にいるといつも振りまわされてばっかりで、あたしの心臓は大忙しだ。

「今日、どうして誘ってくれたの？」

「え？」

「夏祭りだよ。弟に言われるまで、今日がお祭りの日だって知らなかった」

「去年の夏に約束しただろ？」

たしかに夢の中では約束してたけど、現実のことだと確信できなかった。

「覚えててくれたの？　夢の中だけのことだと思ってた」

「那知が見た夢は、全部本当に起こったことだよ」

「え……ほんと？」

そうだとしたら、少しでも記憶が戻ったってことになる。今まで思い出せなかった過去を知ることができてうれしい。

ん？　っていうことは、夏祭りのあとの告白も現実に起こったことになるよね。

カーッと顔が火照り、一気に照れくさくなった。

ダメだ。

思い出すだけではずかしくなる。

やけに体が熱いよ。

「男なら約束は守らなきゃな」

照れたようにはにかむ顔がかわいくて、胸がキュンとする。

「覚えてくれて……ありがとう」

あたしが告白したことも遥希は今も覚えてくれているのかな。

はずかしくてそんなことは聞けなかったけど、遥希のことだからきっと覚えているよね。

「行くか」

屋台が並ぶ中、手をつなぎながら並んで歩く。

空を見上げると、まん丸のお月さまが浮かんでいた。今日は満月。

大勢の人がひしめきあい、あたりはものすごく騒がしい。

昼間の熱気がまだまだ残っていて、蒸し返るような暑さだ。

それなのに、あたしの胸はかなり弾んでいる。

「遥希の手、冷たくて気持ちいいね」

「俺、昔から体温低いんだよな」

ひんやりしていて気持ちいい。

ギュッと握ると、同じようにギュッと握り返された。

「那知の手は子どもみたいにちっさいな」

「なにそれ……ひどい」

「俺の手とは全然違う」

「そりゃ、あたしとは違うよ」

「はは、まぁな。でも、手の感触はすっげー懐かしい」

言われてみれば、あたしもなんだかそんな気がする。

ずっと前から知っていたような感触だからなのかな。

とても懐かしくて、大きな手に包まれていると安心する。

「去年より屋台いっぱい出てるじゃん！　すげー！」

遥希は川沿いにズラリと並んだ屋台を見て、目を輝かせた。

子どもみたいに笑って楽しそうだ。

「なんか食う？　それともなんかやりたい？」

射的《しゃてき》にヨーヨー釣り、くじ引きに金魚すくい。

カステラにたこ焼き、りんご飴に焼き鳥。

お祭りの定番がぎっしり並んでいる。

「ヨーヨー釣りがやりたい！」

「よっしゃ、じゃあ勝負しようぜ。先に切れたほうが負けな」

「うん！　負けたほうがジュースおごりね」

「望むところだ」

ヨーヨーの屋台の前まで来ると、浴衣のすそをたくしあげて気合いを入れる。

「よしっ」

がんばろう！

赤や黄色、青や緑、ピンクやオレンジ、カラフルでいろんな柄のヨーヨーが浮かんでいた。準備万端、いざスタート。

「負けないんだからね」

「俺だって」

頑固で負けずぎらいなところは似た者同士みたいだ。

簡単に釣れそうなヨーヨーを、吟味《ぎんみ》しながら探した。

濡れないように輪ゴムを引っかけ、そーっと持ちあげる。

だけど……。

――プツッ。

「あー！」

切れちゃった。

ウソでしょ、早くない？

こんなに簡単に切れちゃうなんて。

そっと隣の様子をうかがうと、黄色いヨーヨーを釣りあげている真剣な横顔が見えた。

前髪の隙間からのぞくまっすぐな瞳。

一年前とは違う、大人っぽく出っぱった喉仏《のどぼとけ》。

ライトアップされて、昼間とは違った雰囲気が漂っている。

「よっしゃ、釣れた！　なんだよ、那知はすぐに切れたのか？」

あたしの手もとを見て、イジワルな笑みを浮かべる遥希。

「だ、だって。意外とむずかしくて」

「俺の勝ちだな」

ムッ、悔しい。

でも負けは負けだから、なにも言い返せない。

「スネるなよ」

「スネて、ないもん」

悔しいだけだもん。

「ほら、これやるから」

黄色いヨーヨーを差しだしながら、頭を優しくポンッとされた。

ずるい、こういうの。

悔しい気持ちが一気に吹き飛んで、ドキドキさせられる。

黙ってヨーヨーを受け取ると、遥希は満足そうに微笑んだ。

「那知はほんとに負けず嫌いだな」

「遥希だって、試合に負けた時に泣いてたよね」

あたしなんかより、よっぽど負けず嫌いじゃん。

ヨーヨーをポンポンしながら軽くイヤミをぶつけても、遥希は余裕な感じで笑っているだけ。

その横顔はちょっとだけ憎らしい。

でも、きらいじゃない。

そう、きらいじゃない。

「そういえば、遥希も宮園高校に通ってるの？」

「なんだよ、いきなり」

「だって、夢の中で宮園高校に行くって言ってたから」

あたし自身が宮園に通っていることは、こてっちゃんから聞いて知っている。

当然、遥希もそうなんだと思って聞いたけど、突然、沈黙が訪れた。

気になってふと見上げると、なにを考えているかわからないような無表情。

どうしたの？

「あー……うん、通ってるよ」

あたしが言葉をさがしている間に、遥希はにっこり笑って答えた。

だけどなんとなく、その横顔は寂しそうにも見える。

そんな顔しないでよ。

遥希にそんな顔をされると、気になって仕方ない。

同じ高校だと聞いてうれしいはずなのに、素直によろこべなくなってしまった。

夕闇がおり、空はすっかり暗くなったけど、お祭りの喧騒《けんそう》はまだまだ終わりそうにない。

「那知、たこ焼きは？」

「ううん、いらない」

「腹減ってないの？」

「うん」

浴衣を着ているせいか帯でお腹のあたりが圧迫されて、お昼からなにも食べていないのに空腹感はなかった。

食べ物よりもなによりも、今は離れてしまった手が寂しい。

「そろそろ花火が始まるね」

「それもそうだな。よし、移動しよ」

——ギュッ。

再び遥希が手にふれた。

そして力強くグイッとひっぱり、人混みをかき分けて歩いていく。

トクントクンと脈打つ鼓動。

寂しさは一気に吹きとんだ。

あたしは……なんて単純なんだろう。

ずっと、遥希と手をつないでいたい。

この手が離れなきゃいいのに。

そんなことを思ってしまうなんて。

「ここ！　この土手に座って観ようぜ。結構穴場なんだよな」

「え、ここ？」

「うん。俺の秘密の場所」

ずいぶん歩いて連れてこられたのは、川上の土手の芝生の上。

あたりには明かりがなくて、お祭りの喧騒が遠くに聞こえる。

にぎやかな世界から一変、ひっそりした隠れ家的な場所。

ほんとにこんな場所から花火が見えるの？

「ここはメイン会場から離れているから人が少ないけど、花火がよく見える穴場なんだ」

遥希は心配するあたしをよそに、暗がりの中をどんどん進んでいく。

芝生は下駄だと歩きにくかったけど、遥希が時々振り返って気にしてくれた。

土手を少し下ったところで座れそうな場所を探した。

「この辺に座ろうか」

「そうだね」

ふたりで並んで座ると少し窮屈だけど、それでも十分な広さだ。

「ここから観る花火が最高なんだよ」

「よく知ってたね」

「小学生の頃、この土手でよく遊んだから」

思い出を懐かしむように、しみじみと語る。

「かくれんぼとかしても、隠れるとこが草の中しかないから、すぐに見つかるんだよ」

「あは」

「もう一度あの頃に戻って、走り回ってみたいな」

「子どもの頃って、なにも考えずに遊べるもんね」

「……だな」

その声はとても優しくて穏やかなのに、どうしようもないほどの切なさを含んでいるようにも聞こえて。

胸がチクリと痛んだ。

暗くて表情はよくわからないけど、きっとやわらかく笑っているんだろう。

遥希といると時々、ほんの一瞬だけど、たまらなく泣きたくなることがある。

「そろそろ時間だぞ」

――ヒュー。

――ドーン。

花火が打ちあがる音が聞こえて、ふたりで一緒に空を見上げた。

ドンドンと花火が上がるたびに、胸にドーンと響いて、パラパラと消えていく。

「すごいね」

「だな」

キラキラ光る夜の花が無数に咲いて、目が離せない。

花火って、こんなにキレイだったっけ?

こんなに感動するものだったっけ?

夢の中で観た花火と大差ないはずなのに、心が震えて不意に涙がこみあげてきた。

花火の明かりに照らされた遥希の横顔がにじんで見える。

クライマックスに入った頃にはがまんができず、こらえていた涙があふれて頬を伝った。

幸せなはずなのに、感動しているはずなのに。

きみと観る花火は、なんでこんなに苦しいの。

「那知？　泣いてんの？」

「う、うう、ん……泣いて、ないっ」

ズズッと鼻をすすりながら、明らかに泣いているとわかる鼻声で答えた。

強がってみせたけど、クスクス笑われた。

「涙もろいよな、相変わらず」

「だって、感動しちゃって」

こうやってふたりで並んで花火を観ることができて、幸せなんだよ。

一緒にいられたら、それだけでなにもいらないとさえ思う。

手が伸びてきたかと思うと、おでこをコツンとこづかれた。

「はは、ばーか」

「いたっ」

たいして痛くはなかったけど、条件反射でおでこに手をやる。

わざとらしく唇をとがらせると、遥希はさらに目を細めて小さく笑った。

「かわいいよな、相変わらず」

――ドキッ。

あたしの気持ちを下げたり、上げたり。

いったいなにがしたいのかわかららない。

「遥希の……イジワル」

「イジワルしたつもりはないけど」

そんなことをサラッと言って、またドキドキさせるんだから。

ずるいよね、ほんと。

あたしがなにも言い返せなくなるのを知ってて、そんなふうに言うんだもん。

「那知はマジでかわいいよ」

つながった手にギュッと力が加わった。

射抜《いぬ》くように見つめる、まっすぐで真剣な瞳。

『俺も那知が好きだ』

こんな時によみがえる夢の中の遥希の言葉。

ヘンにドキドキして、緊張感が漂う。

だけど、確かめるなら今しかない。

「あたしたちは……つきあってるの？」

どうしても知りたいから、思いきって聞いてみた。

暗闇に目が慣れてきたせいか、遥希の顔がはっきり見える。

「去年の夏祭りの二日後に……あ、あたしから告白したんだよね？」

わー、言っちゃったよ。

は、はずかしい。

ギュッと目を閉じて、遥希からの返事を待つ。

「もうそこまで思い出したんだ」

「え、いや、思い出したっていうか……夢、だよ」

おそるおそる目を開けると、優しいまなざしであたしを見る遥希がいた。

――ドキドキ。

高鳴る鼓動を抑えるように、左胸のあたりを手でギュッと握る。

「俺たちは――」

照れたように頬をかくと、再びあたしに向き直って口を開いた。

「つきあってたよ」

つきあってた。

遥希がなんでこんな言い方をしたのか、この時のあたしにはわからなくて。

ドキドキと鼓動が妙に激しく脈打っていた。

From*2

怒りの矛先と涙

ひとつひとつ、明らかになる関係。

現実の中で遥希に惹かれていくたびに、過去の出来事がよみがえる。

こてっちゃんやゆずのことまで夢に見るので、最近では親近感がわいて仲良くなれた気さえする。少し頭痛がする中、ベッドに入るとすぐに眠りに落ちた。

＊＊＊

連絡先を交換した日から、毎日のようにメッセージのやり取りをするようになった。

朝起きてから夜寝るまで、スマホが片時も手放せない。

「幸せそうですな～！　うらやましいことで」

「えへへ」

夏期講習の帰り道、ゆずと恋愛トークで盛りあがる。

「いいなぁ、那知みたいにトキメキたいなあ」

「なに言ってんの、ゆずだってラブラブじゃん」

「えへへ、まぁね～！」

恋っていいな。

相手がいない時はゆずの話を聞いてるだけだったけど、ドキドキや会いたい気持ちを共有できたりするから、今はすごく楽しい。

恋をしてから、遥希と両想いだと知った日から、毎日意味もなくドキドキソワソワして。

考えだすと止まらなくなって、どうしようもなく会いたくなる。

「稲葉くんには、工藤くんとのこと話したの？」

「ううん、言ってない。だから、ゆずも秘密にしてね」

「言わないの？　悲しむんじゃない？」

「うーん。こてっちゃんに言うと、次の日にはクラス中に広まるからね」

小学生の時、気になる男の子の名前を打ち明けたら、ソッコーでクラス中に言いふらされたことをあたしは今でも根にもってるんだ。

「きっと悲しむよ～、那知に彼氏ができたって知ったら」

「か、彼氏!?」

「なにビックリしてんの。両想いなんだから、当然彼氏と彼女でしょ」

「う、そう、なのかな？」

「はぁ？　なに言ってんの。両想いなんでしょ？」

「それは……そうだけど」

　まだそこまで頭が追いつかないというか。

　両想い＝つきあうっていう考えが浮かばなかった。

　両想いになれただけで満足で、その先のことなんて考えられなかったんだ。

「那知って、ほんとウブだよね。まぁ、ゆっくり進展させてけばいいんじゃない？」

「ゆっくり？」

「那知たちのペースでね。明日はデートなんでしょ？　楽しんでね！」

「うん、ありがとう。じゃあ、またね」

　手を振り、あたしたちはいつもの交差点でバイバイした。


　次の日――。

「遥希！　おはよう」

　図書館の玄関の柱にもたれかかるように立っていた遥希は、あたしを見るなり目を細めた。

　いつもはキリッとしてるのに、崩れるとたんに優しい雰囲気をまとうその笑顔が好き。

「おはよう。早いな」

「遥希こそ、まだ十分前だし」

「なんかいてても立ってもいられなくてさ」

照れたようにはにかむ姿に、胸がうずいた。

「あたしもだよ。早く会いたかったから、急いで来ちゃった！」

「俺も早く那知に会いたかった」

うっ、サラッと言うのはやめて。

でも。

照れるしはずかしいし緊張するけど、やっぱり遥希といると温かい気持ちになる。

遥希の全部が……。

好きだな……なんて。

ふたりで正面玄関のドアを抜けて中に入った。冷房が効いていて汗が一気に引いていく。

今日は宮園高校を受験する者同士一緒に勉強をしようということになっている。

「とりあえずこの辺に座るか」

「うん」

ちょうど空いたふたりがけのイスが並んだテーブルに荷物を置いて座った。

目の前の窓からは中庭の噴水が見えて、青々とした芝生もとても生き生きしていて景色が最高だ。

図書館の中には受験生らしき人の姿がちらほら見えたけど、スペースが広々としているおかげで落ち着いて勉強することができそうだ。資料や問題集などの教材もたくさんあって、迷いに迷って数冊選んだ。そして、英和辞典を開いてノートに向かう。遥希は数学の問題集を眺めていた。

「工藤？」

英語の和訳をしていると、突然誰かの声が聞こえた。

聞き覚えのある女の子の声に、体が硬直したように動かなくなる。

「ミズホか。なにやってんだよ、こんなとこで」

「それはこっちのセリフ。工藤こそ――」

そう言いながらあたしに気づいたミズホさんは、ビックリしたように目を丸くする。

「なん、で、一緒にいるの？」

その声は動揺を隠しきれず、かすかに震えている。

わ、どうしよう。

気まずいな。

「受験勉強してるんだよ」

「違、う。そんなことを聞いてるんじゃない」

「ミズホ？」

なにも知らない遥希が様子のおかしいミズホさんに首をかしげる。

「どうして……ふたりが、一緒にいるの？」

ミズホさんは感情をこらえるように、必死に唇をかんでいる。

「どうしたんだよ、ミズホ」

「答えてよ……なんで、一緒にいるの？」

「なんでって言われても……つきあってるから、だよな？　那知」

照れ笑いを浮かべながら、あたしに同意を求める遥希。

あたしの頭には〝つきあう〟という考えさえ浮かんでいなかったけど、遥希は違ったんだね……。

つきあってるつもりだったんだ。

そりゃそうだよ、両想い……だもんね。

だけど今は、認識の違いにビックリしている場合じゃない。

ミズホさんの気持ちに気づいていないとはいえ、遥希の言動はあまりにも無神経だ。

空気が重く冷たくなっていくのがわかって、遥希の言葉を肯定することができない。

「つきあってるって……っなんで？」

「なんでって、言われても。マジでヘンだぞ、ミズホ。どうしたんだよ？」

どこまで鈍いのか、遥希はまったく事情がのみこめていない様子。

どうすればいいのかわからなくて、ハラハラドキドキしながら見守るしかなかった。

「ミズホ？」

「……なんでも、ないよっ」

「なんでもなくないだろ。なんかあったのかよ？」

目に涙を浮かべるミズホさんを、本気で心配している。

なんだかちょっと複雑な気持ちになるのは、あたしの心が狭いからなのかな。

「なんでも、ないってば……っ！　工藤のバカッ！」

大きな声は図書館全体に響き渡り、あちこちから注目を浴びた。

今にもこぼれ落ちそうな涙をこらえきれなくなったのか、ミズホさんはプイと顔をそむけて駆けだす。

「ったく、なんなんだよ、アイツは。那知、ごめん。心配だし、ちょっと行ってくる！」

「え……？」

「ごめん、すぐ戻るから！」

立ちあがるや否《いな》や、遥希はミズホさんのあとを追っていってしまった。

あっという間に見えなくなり、あたしだけがこの空間に取り残された。

ちょっと、待ってよ……。

心配なのはわかるけど、遥希が行ったってよけいにツラくなるだけなのに。

どう、しよう……。

あたしは、どうすればいいの？

遥希はいったい、ミズホさんになんて言うんだろう。

優しいからきっと話を聞いてあげようとするよね。

そう、優しいんだよ遥希は。

ツライのはミズホさんのほうなのに、置いていかれた自分のほうがよっぽどみじめに思える。

遥希がミズホさんのあとを追いかけたことが、こんなにもショックだなんて。

遥希に心配してもらえているミズホさんに、嫉妬するなんて。

どれほど欲ばりなんだろう。

自分の中にこんなに汚くて醜《みにく》い気持ちがあったなんて。

「マジでごめん」

それから遥希が戻ってきたのは、十分ほどしてからだった。

申し訳なさそうにあやまり、隣にストンと腰をおろす。

暗い表情を浮かべているのを見て、心配になった。

「大丈夫だったの？」

「う－ん、聞いても結局よくわかんなくてさ。はっきり言わないんだよ」

言えないよ。

ミズホさんは、たぶん遥希のことが好きなんだよ？

あたしとつきあっているのを知って、ショックで泣いてたんだよ？

あたしよりもずっと前から、遥希のことが好きだったんだと思うから。

「勉強する気なくなったなぁ」

同じく、あたしも。

勉強どころじゃなくなった。

「そろそろ昼時だし、外に出て気分転換でもするか」

勉強道具を片づけて図書館を出ると、生暖かい風が肌にまとわりついた。

サッカーで鍛《きた》えていたからなのか、炎天下で歩くのも遥希は余裕そうだけど、さすがのあたしは少々バテ気味。

流れ落ちる汗をタオルでぬぐう。

「そこのハンバーガーショップに入って涼もうか」

「大丈夫だよ、ちょっと暑いだけだし」

「バカ、熱中症になったらどうするんだよ。腹減ったし、ちょうどいいじゃん」

そう言って、遥希はさりげなくあたしの手を取った。

——ドキン。

たとえ無意識の行動なのだとしても、遥希が相手だとドキドキしてしまう。

「なに食う？」

そんなに普通にしないでよ。

あたしだけがドキドキしてるみたいじゃん。

同じようにドキドキしてほしいなんて、あたしはワガママかな。

一緒にいると、好きがどんどん大きくなっていく。

気持ちを抑えることなんてできない。

ランチのあと、気を取りなおして図書館に戻った。ミズホさんのことにはどちらからもふれることはなく、勉強を再開する。わからないところをお互いに聞きあって、気づくと数時間が経過していた。

夕方、閉館の時間になり図書館を出た。

これから塾で駅前に向かう遥希とは、ここでバイバイだ。

「じゃあな。気をつけて帰れよ」

優しく頭をなでられ、上から顔をのぞきこまれる。

目線が同じくらいだったのに、少し身長が伸びたせいか、並ぶとあたしが遥希を見上げる形になった。

「遥希も塾がんばってね」

「おう！　じゃあまた連絡する」

「バイバイ！」

背中が見えなくなるまで思いっきり手を振った。

あたりはすっかりオレンジ色に染まって、長い影が伸びている。

そろそろ帰ろう。

そう思った時だった。

「ねぇ」

突然、誰かに肩を叩かれた。

ビックリして、思わず振り返った。

そこにいたのは、ミズホさんだった。

唇をギュッと結んで、明らかにムッとした表情だ。

「工藤とつきあってるってほんと？」

彼女の目に、もう涙は浮かんでいない。

瞳の奥にはあたしに対する怒りだけがにじんでいた。

「黙ってないで答えてよ！」

「ほんと……だよ」

「……っんで」

飛びだしそうなほどカッと見開かれた目。

「なんで……っ、あんたなの‼」

興奮気味に顔を赤くしながら、ミズホさんはあたしに食ってかかってきた。

「あたしのほうが……ずっと前から好きなのに……っ！　なんで、あんたなの……っ？」

今にもこぼれ落ちそうな涙を唇をかんで必死にこらえているミズホさんから、彼女の本気の想いが伝わってきて、胸が痛い。

でもね、あたしだって遥希のことが好きなんだ。

この気持ちは誰にも負けない。

だけど、今、そう言ったところで、よけいにミズホさんを傷つけるだけだ。

怒らせるだけだ。

そう思うとなにも言い返すことができなかった。

「だんまりってわけ……っ？　バカにして……っ。許さない」

「バカにしたつもりは……」

「あんただけは、絶対に許さないから……っ！」

「待って」

そう言い残して駆けていこうとするミズホさんの腕をつかんだ。

「さわらないで！　もともと大きらいだったのよ、あんたのこと！　いきなり現れたと思ったら、工藤を横取りして！　最低女！」

ミズホさんはあたしの腕をパシっと振り払い、思いっきりにらんだ。

ここまで誰かに敵意をむきだしにされるのは初めてで、グサグサと心になにかがつき刺さった。

走り去ろうとするミズホさんの背中を追いかけることができず、振り払われてジンジンと痛む手をさすりながら、立ちつくし、そのまま動けなかった。

なんとなく複雑な気持ちを抱えたまま夏休みが終わった。

今日から新学期の始まりだ。

「那知ー、おはよう」

「ゆず、おはよう」

公園の前のいつもの交差点で待ち合わせをして、学校へ向かう。

朝のうちは比較的涼しいけど、今日も暑くなりそうだ。

「で、どうよ。例の彼氏とは」

「うーん、普通だよ」

「普通ってことはないでしょ。まだつきあい始めなんだから、初々《ういうい》しい時期じゃん」

ゆずにそう言われて、思わず顔が熱くなる。

「ほらほら、白状しちゃいな！」

「ま、毎日連絡は取ってるよ」

「それだけ〜？　デートはどうだったの？」

「デートっていうか、図書館に行っただけだよ」

「手をつないだりは？　抱きしめられたりとか」

「だ、抱きしめられたりはしてないよ」

朝からなにを言いだすのかと思えば！

「ってことは、手はつないだの？」

「う、うん」

ゆずに話したことで鮮明に記憶がよみがえってはずかしくなった。

あの時の遥希の手の感触は今でもよく覚えている。

そのあとも、根掘り葉掘り聞かれてタジタジ。

だけど話していると楽しくて、自然と笑顔になれた。

「おい、この俺を置いてなんで先に行くんだよ」

昇降口で上履きに履き替えていると、うしろから誰かに髪をひっぱられた。

こんなことをするのはひとりしかいない。

「やめてよ～、こてっちゃん！」

「那知が先に行くのが悪い」

「一緒に行く約束なんかしてないじゃん」

ムッと唇をとがらせてみたけど、こてっちゃんは悪びれる様子もなく口をへの字に結んでいる。

「部活引退したって知ってるだろ？　ちょっとは俺のことも考えろよー！」

今度はガシガシと髪をかき回された。

「ちょ」

「はは、ザマーミロ」

「なっ」

こてっちゃんはあたしの髪をぐちゃぐちゃにするだけしておいて、逃げるように行ってしまった。

教室ではなく、中庭のほうへと走っていく。

中庭には、元サッカー部のメンバーが何人かいて、みんなでふざけあっていた。

相変わらず自由で、マイペースなこてっちゃん。

「まったく、稲葉くんは」

隣でゆずがあきれたように言い、ため息をついた。

「ほんと、ガキだよね。イヤになっちゃうよ。結局、宿題も見せることになったんだよ！」

「那知が甘やかすのが悪い」

「甘やかしてるつもりはないいんだけどね」

「甘えてるよ、完全に」

うーん。

そうなのかな。

いい加減、〝あたし離れ〟してほしいんだけど。

幼なじみだからって、いつまでもこてっちゃんの面倒は見られないんだから。

「えー、なにこれ？」

「どういうこと？」

「なんでこんなものが……」

教室の前まで来ると、いつもとは違ったざわめき声が聞こえた。

夏休み明けで久しぶりの教室とはいえ、明らかにただごとじゃないことが伝わってくる。

「なにかあったのかな？」

ゆずと顔を見合わせ、不思議に思いながら教室へと足を踏み入れる。

「あ、ほら、来たよ」

クラスメイトからのつき刺さるような視線が一気に注がれた。

「ほらー、本人に聞いてみなよ」

「えー！」

より一層ざわざわと騒がしくなるクラスメイトたち。

あたしが来たことで、教室の中の空気が明らかに変わった。

ゆずではなく、みんながあたしを見てる。

な、なに……？

「桐生、おまえさぁ。二股してるってマジー？」

え……？

いきなり、なに？

わけがわからなくて戸惑う。

二股？

「どうなんだよ、桐生」

ニヤニヤしながらからかってくる男子の声に、みんなが注目しているのがわかる。

好奇の目と冷ややかな視線。

その両方をひしひしと感じる。

「なに、言ってるの……？」

「あれだよ、あれ！　ほら、見てみろよ」

男子は黒板を指差し、あたしはつられるようにそこを見た。

『桐生那知は最低女！』

そんな見出しで始まっていた、桃色のチョークで書かれた中傷の言葉。

ドクリと、心臓がイヤな音を立てた。

見たくないのに、目が勝手にその先を読み進める。

『桐生那知はサッカー部の稲葉くんとつきあいながら、桜尾中のサッカー部の男子ともつきあっている。証拠はコレ↓』

でかでかと黒板に書かれた文字の下に、スマホで撮ったと思われる、引き伸ばして大きくプリントした写真が二枚貼られていた。

なに、これ。

なん、で？

そこに貼られていたのは、夏祭りの時にこてっちゃんに腕を引かれて歩いていた時のもの。

それは斜め横から撮られていて、こてっちゃんとあたしの顔がはっきりわかるものだった。

なにも知らない人が見たら、つきあっているとカン違いしそうなほどカップルっぽく見える写真。

だけど実際は事実無根。

もう一枚は、遥希と手をつないでハンバーガーショップに入っていくうしろ姿を写したものだった。

遥希はあたしに顔を向けて、優しく微笑んでいる。

これはまちがいなく一緒に図書館に行った時のものだ。

なんで、こんなものが黒板に貼られてるの……？

いったい、誰がこんなこと……。

わけ、わかんないよ。

「こんなの、でたらめだよ！　気にすることないんだからね！」

ゆずにポンと背中を叩かれ、ハッと我に返った。

「けど明らかに両方の男と手ぇつないでんじゃん。背格好だって、明らかに桐生だろ。これ見たら誰だって二股してるって思うし」

「勝手なこと言わないでよ！　証拠はあるの？」

あたしのかわりにゆずが反論する。

状況を受け入れることができなくて、頭が追いつかない。

「この写真がなによりの証拠だろ？　おとなしそうな顔してよくやるよな」

「そんなんじゃないってば！　那知が二股なんかするわけないでしょ！　こんなの、誰かの悪いイタズラでしょ？」

ゆずは怒りをあらわにして、黒板に貼られた写真をはぎ取った。

そして黒板消しをつかむと乱暴に文字を消し始める。

あたしは動くことができなくて、ただ呆然とゆずの行動を見ていることしかできなかった。


「ほらほら、あの子がウワサの……」

「えー、全然そんなふうには見えないのにね」

廊下を歩けばヒソヒソと陰口を言われて、男子からはからかわれることが多くなった。

「桐生さーん、俺を三人目にしてくんねー？」

「ははは、おまえじゃムリだよ。ってことで、俺なんかどう？」

集団でからかってくる男子たち。

「ほんと、最低っ！」

「調子に乗りすぎだから！」

あたしに聞こえるように、わざとらしく大きな声で話す女子たち。

ふとそこに視線を向けると、元サッカー部のマネージャーの佐倉さんがいた。

佐倉さんはフワフワした栗色の髪を指に巻きつけながら笑っていて、あたしと目が合うと急に真顔になった。

そしてものすごい形相であたしをにらむと、フンと鼻を鳴らす勢いで顔をそむけた。

今まで接点はなかったけど、以前からあたしを嫌っているのか態度が悪い。

ゆずが黒板に貼りつけられた写真をはぎ取り、書かれた文字を消してはくれたものの、あの日のことはいまだに尾を引いていて、一気に学年中に広まってしまった。

というのも、あの騒動をおもしろがったクラスメイトが、ふざけて撮った黒板の写真をSNSで拡散しているらしい。

「ほんっとにムカつく。誰の仕業《しわざ》よ！」

「ゆ、ゆず。落ち着いて」

「ムリ。あたし、こういうことするやつ、大っきらい」

当事者のあたしより怒り心頭のゆずのおかげで、なんとか今も立っていることができるんだと思う。

なんでもないフリをしてるけど、チクチクとダメージを受けていて。

最近は人目を避けるように、教室でおとなしくしていることが増えた。

「拡散したやつもそうだけど、黒板に書いたやつのほうがもっと許せないよ」

地団駄《じだんだ》を踏むゆず。

「心当たりはないの？」

「うーん……」

心当たり……。

そう言われて、とっさに浮かんだ人物の顔を打ち消す。

ハンバーガーショップに入っていくあたしたちの姿を撮れたのは、たぶんひとりしかいない。

学校は違うけど、あの時、絶対に許さないって言われたし……。

ダメダメ、なに疑ってんの。

証拠があるわけでもないのに。

だから、口にだすことはできなかった。

「稲葉ー、おまえドンマイだな」

いつものように元サッカー部のメンバーと教室のうしろのほうで騒いでいたこてっちゃんに、あたしをからかってきた男子が声をかけた。

彼の名前は小暮《こぐれ》くん。

柔道部でガタイのいい、クマみたいに大きな男子だ。

「なにがドンマイなんだよ」

「おまえの彼女が隠れてなにをしてたか知ってるか?」

一番うしろの席のあたしにも、小暮くんの声ははっきり届いた。

わざとだ。

わざとあたしにも聞こえるように言っているんだ。

この状況を楽しんでいるのが、その声の感じと口調から伝わってきて、思わず拳をキツく握りしめる。

「は？　彼女ってなんだよ？」

こてっちゃんは真顔で小暮くんに聞き返す。

きっと、ウワサを知らないんだ。

「隠れてコソコソつきあってたなんて、水くさいよな」

「はぁ？　おまえ、さっきからなに言ってんの？　意味わかんねーんだけど」

「トボけるなよ。桐生とつきあってるんだろ？」

やめて。

「那知と？　なんで？」

「なんでって、いつまでトボける気だよ。おまえの彼女、浮気してるぞ。最低な女だよな」

やめてよ。

ヘンなこと言わないで。

「はぁ？」

「だーかーらー、おまえの彼女は二股してんだよっ！」

「やめてっ！」

気づくと思いっきり机を叩いて立ちあがっていた。

ガタンと大きな音を立ててイスが倒れる。

もうガマンができなかった。

「ヘンなことばっかり言わないでよ！」

なんでここまで言われなきゃいけないの？

最低だなんて、なにも知らない人に勝手なことを言われたくない。

「は、なにムキになってんだよ？　アヤしいな。やましいことがあるから、稲葉に知られたくないんだろ？」

「違、う……やましいことなんてない」

だって、あたしとこてっちゃんはそんな関係じゃないんだから。

あたしはただ、遥希が好きなだけなんだよ。

それのなにが悪いの？

どうしてここまで言われなきゃいけないの？

あんなデタラメのウワサに、どうしてここまで振りまわされなきゃいけないの？

悔しくて涙が浮かんできた。

こんなところで泣きたくなんかないのに、思いとは裏腹にじわじわとあふれてくる。

下を向いたら、涙が落ちちゃいそうだ。

「やましいことがないなら、そんなにムキにならないだろ？　マジで最低だよな。平気な顔して二股してんだもんな。そんな女だとは思わなかった」

誹謗中傷の言葉にズキズキと胸が痛む。

周りの景色がにじんで、頬に生温かいものが伝った。

「小暮」

「は？　なんだよ」

「それ以上、那知のことを悪く言ったら、俺が許さない」

低く怒りを含んだ冷静な声。

こてっちゃんのこんな声は初めてだ。

指で涙をぬぐうと、鋭い目つきで小暮くんをにらむこてっちゃんの顔が見えた。

「は、二股されてんだぞ？　それでも」

「俺と那知は、そんな関係じゃねーよ。なにも知らないのに、那知のことをあれこれ言うなよ。見苦しいぞ、おまえ」

「な、なんだよ、俺は稲葉が哀れだと思って」

「おまえに同情されるほど、落ちぶれてねーよ」

「は、そうかよ。だったらもう勝手にしろ」

小暮くんはバツが悪そうな表情を浮かべて席に戻っていった。

「ヒュー、小鉄くんカッコいい！」

「小鉄、おまえやるなぁ」

「惚れ直しちゃうぜ」

同じクラスの元サッカー部の面々が、重くなった空気を振り払うかのように明るい声をだす。

「ねぇ、聞いた？　稲葉くんたちって、つきあってないの？」

「ウワサがまちがってたってこと？」

ポツリポツリとあちこちから話し声が聞こえ始めて、次第にいつものざわめきが戻ってきた。

「大丈夫か？」

倒れたイスを起こしながら、こてっちゃんが顔をのぞきこんでくる。

眉を下げて、明らかに心配してくれているのがわかった。

迷惑かけちゃった。

「うん……ありが、とう」

「や、いいけど」

「……巻きこんでごめんね」

「那知のせいじゃないだろ。黒板にあんなことを書いたやつと、ＳＮＳを拡散したやつが悪い」

こてっちゃんの横顔は明らかにまだ怒っていた。

「……知ってたの？」

「これだけウワサになってたら、知らないほうがおかしいだろ」

そっか。

知ってたんだ。

「ことを荒立てないほうがいいと思って知らないフリをしてたけど、那知が悪く言われてるの聞いたら黙ってられなくなった」

いかにもこてっちゃんらしい。

いつもはふざけてばっかりなのに、困った時には助けてくれる。

頼もしい幼なじみ。

「いっこ聞いていい？」

「うん、なに？」

「あー……うん。あのさ」

妙にかしこまって視線を右往左往させるこてっちゃん。

「工藤とはどんな関係？」

「え？」

「一緒に写ってる男って工藤だろ？　手つないでたし、気になって」

そう言って目をふせたこてっちゃんは、なぜだかとても寂しげな表情を浮かべていた。

「お互いに一目惚れだったんだ。一応、つきあってる……かな」

うん、たぶん。

はっきりとは言われなかったけど、遥希はそのつもりだったみたいだし。

あまりにも寂しげなこてっちゃんを見て、ごまかすことができなかった。

「黙っててごめんね」

「あやまるなよ、那知は悪くないだろ」

「うん、でも、ごめん」

こてっちゃんに言うとからかわれると思ってたから、言えなかった。

でも、違った。

こんなに真剣に聞いてくれた。

困ってるあたしを助けてくれた。

「……がんばれよ。なんかあったら、幼なじみのよしみで相談に乗ってやるから」

「……ありがとう」

フッと笑ったこてっちゃんの瞳が切なく揺れていたことに、この時は気づかなくて。夢で見て初めて気がついた。


——ドンッ。

いたっ。

「邪魔だし～！　ほんとウザすぎっ」

「調子に乗らないでよね」

廊下でのすれ違い様に、わざとらしく肩をぶつけられた。

相手はサッカー部の元マネージャーの佐倉さんだ。

隣のクラスの佐倉さん率いる女子のグループに目をつけられてしまってから、ずっとこんな感じ。

いやがらせは日に日にひどくなっていて、上履きをゴミ箱に捨てられたり、靴の中に画鋲が入っていたり。教科書を隠されたり、あからさまに舌打ちをされたり。たまたま彼女たちがやっているところを前に見てしまった。

どれもこれも目立つものじゃないけど、こうも毎日続くとさすがに精神的にいっぱいいっぱいだ。

なんでこんなことをされるのか理由はわからない。

だけどもしかしたら、ウワサのことが関係あるのかもしれない。

あいにく、ゆずは風邪をこじらせて今日は休み。

ひとりで不安だけど、がんばらなきゃ。

教室では表立ってウワサのことを言う人はいなくなったけど、一部の人、とくにこてっちゃんファンの人たちからはいまだに冷たい視線を投げられていて。

あたしとこてっちゃんがつきあっていると思ってる人はまだたくさんいる。

がんばらなきゃ……。

耐えなきゃ……。

そう思うのに気分は沈む一方で、心が浮かない。

明るく元気に！が取り柄だったのに、そんなあたしはどこかへ行ってしまった。

「今日は俺がずっと那知といてやるよ」

「なに言ってんの〜！　大丈夫だよ」

「百沢休みだろ？　おまえ、ひとりになるじゃん」

「……ありがと」

こんな時に優しくされるとウルウルきちゃう。

こてっちゃんは子どもっぽくてお調子者だけど、さすがは幼なじみなだけあってあたしのことをよく見てくれている。

「でも、大丈夫だよ。ほんとにありがとう」

「寂しくなったら言えよ？」

「そうそう！　こいつ、桐生によく思われたいみたいだから」

こてっちゃんのうしろから、パッチリとした大きな目がかわいらしいタナッシーこと棚《たな》橋《はし》くんが顔をのぞかせた。

茶髪のふわ髪、甘い笑顔に、やわらかい雰囲気。

タナッシーはこてっちゃんの親友で、ふたりはいつも一緒にいてバカばかりやっている。

「よけいなこと言うなよ、タナッシー！」

「なんだよ、ほんとのことだろ」

「うっせー、黙れ」

「黙れとはなんだよ、黙れとは。秘密をバラしてもいいのかな〜？」

「秘密なんてあるわけないだろうが」

「あれれ〜？　素直じゃないなぁ、小鉄くんは」

「おまえ、マジで黙れって」

ふたりのかけあいを見ていると、申し訳ないと思いながらも笑ってしまった。

「お、笑った笑った。桐生は笑ってるほうがいいよ。そうじゃないと、小鉄が心配するからな」

「あは、ありがとう」

なんだか少し元気が出た。

視線を感じて顔を上げると、一部の女子がこっちを見てヒソヒソ言っていた。

「やだー、男好き〜！」

「今度は棚橋くんですか〜？」

騒がしいのに、やけにクリアに彼女たちの声が聞こえて。

今までの笑みがスッと消える。

違うのに。

そんなんじゃないのに。

なんでそこまで言うの？

現実から頭をシャットダウンするように、机につっ伏して目を閉じた。

わかってほしいとは思わない。

本当のことを言ったって、どうせ信じてもらえないに決まってるんだから。

それならなにも言わないほうがいいし、黙ってやり過ごすしかない。

あたしのことを理解してほしいなんて、これっぽっちも思わないんだから。

その日の帰り。

先生に雑用を頼まれて、帰るのが遅くなってしまった。

「やだ、今度はそれ？」

「きゃはは、いい気味じゃーん」

パタパタと小走りで昇降口にたどり着くと、うちのクラスの靴箱の前に数人の女子がいた。

あたしの靴箱のあたりで、きゃっきゃっと楽しげになにかをしている。

あれは……佐倉、さん……？

「ほんとにムカつくよね。ちょっとかわいいからって、いろんな男に媚びてさ」

「だよね、ウザすぎー！」

「なに、してるの……？」

ゆっくりそばに歩み寄り、うしろから声をかけた。

三人はいっせいに振り返り、驚いたように身体を揺らす。

「げ、ヤバ、本人来たじゃん」

「うわー、超シラケる～！」

佐倉さんの手にはなぜか接着剤が握られていて、あたしがそれに気づくとパッとうしろに隠した。

なにをしていたかなんて考えたくない。

「そんなことして、楽しい……？」

あたしが傷つかないとでも思ってる？

「か、帰ろ。うちらは関係ないしっ」

真顔で尋ねると、佐倉さんは一瞬たじろいだけど、そのままこの場を去ろうとした。

「待ってよ……！」

三人があたしの靴箱でなにかをしていたのは明白。

隣のクラスの人が、うちのクラスの靴箱の前にいるなんておかしいもん。

それに、前にも靴箱で三人の姿を目撃している。

「あーもう、めんどくさいなぁ。言っとくけど、あたしたちはやらされてるだけだからっ！」

まるで自分は悪くないとでもいうように、立ち止まって佐倉さんが振り向きながら言いはなった。

さげすむような冷たい瞳。

むきだしの敵意は、あたしの心をヒヤリとさせる。

どうしてここまで恨まれているのか、理由がわからない。

「なんでこんなことするの？　あたしが……なにかした？」

「うざっ、自分のしたことを忘れてよく言うよ」

「だから……あたしがなにをしたの？」

「二股しといてよく言うよ！　それにあたしたちは穂花《ほのか》に頼まれてやってるだけなんだから！」

「ほの、か……？　誰、それ」

「さぁ？　探してみれば？」

フンとそっぽを向き、その場にいた三人は去っていった。

追いかけることも問いただすこともできず、呆然と立ちつくすみじめな自分。

気をとりなおして靴箱の中をのぞくと、接着剤が靴底にたっぷり塗られて中に貼りついていた。

ウソでしょ、こんなことをするなんて。

まだそんなに時間が経っていないからなのか、くっつきかけていた靴底は力を入れてひっぱるとキレイにはがれた。

ホッ、よかった。

もう少し遅かったら完全にくっついていたかもしれない。

なんでこんなことをするの？

不意にジワッと涙があふれた。

だけど、泣いちゃダメ。

靴底を外の水道で軽く洗ってから履き替え、急いで図書館に向かった。

「ごめんね、お待たせ！」

遥希と図書館の前で待ち合わせ、到着した時にはすでに十六時を過ぎていた。

今日は朝からどんより曇り空のせいか、夕方なのに少し薄暗い。

遥希は文庫本を片手に、柱に寄りかかるようにして立っていた。

うちの学校の男子は学ランだけど、遥希の学校は紺色の金ボタンが三個ついたブレザーだ。首もとには青のネクタイが締められている。

「制服姿初めてだね。もうブレザー着てるんだ？　暑くない？」

「体温が低いから、夕方になると少し冷えるんだよ」

ボタンを上まで留めて、ブレザーをピシッと着こなしている遥希。

今日はいつもと違ってダテメガネまでかけていて、すごく知的に見える。

サッカーをしている時に見る遥希とは、また違ったカッコよさがあった。

「なんだか新鮮だね。あたしたち、中学生だったんだって感じ」

「はは、だな」

ほらね、大丈夫。

遥希と笑いあっていると、イヤなことがスーッと消えてなくなっていく感覚になる。

だから、大丈夫。

「なんかあった？」

「え？」

「なんだか、いつもより元気がないような気がする。ムリして笑ってるようにも見えるし」

「…………」

「なんかあるなら、俺に話してみる？　スッキリするかもしれないし」

遥希の優しい言葉が胸の奥深くに響いて、貼りつけていた笑顔がスーッと消えた。

気まずさからそっと目をふせ黙りこむ。

「ムリにとは言わないけど、少しでも那知の力になりたいんだ」

「……あり、がとう」

遥希は優しいね。

「今日はやっぱり図書館はやめにするか」

「え？　でも勉強は？」

「それどころじゃないだろ？ってことで、公園に移動するぞ」

図書館から公園までは少し距離があったけど、一緒に歩いているとあっというまに感じられた。

ひまわりの花壇の前の木陰のベンチは、いつのまにかふたりの思い出の場所になりつつある。

そのせいか、ここに来ると気持ちが落ち着いた。

「やっぱこの時期は枯れるんだな。なんか寂しいよな」

枯れてしまったひまわりを見て、遥希がつぶやく。

「ちょっと前まですごくキレイに咲いてたのにね」

ちょうど一カ月前に遥希に再会して、想いが通じあった。

そこにはいつもひまわりが咲いていたのに、時間は流れているんだと寂しさを覚えた。

形あるものがいつかは朽ちるように、この関係にもいつかは終わりがくるのかな。

そんなの……イヤだな。

「来年も一緒に見ような」

「え?」

「ここでひまわりを見よう。俺らの元気の源で、思い出の花だしさ」

「……うん」

そうだよ、来年がある。

来年も一緒に見よう。

そしたら、寂しくない。

過去にとらわれるんじゃなくて、一緒に未来を見よう。

きみと一緒に未来を歩いていきたい。

「遥希、あのね……」

あたしは新学期に入ってからのことを、包み隠さず打ち明けた。

途中で何度も言葉につまりかけたけど、さりげなく手を握ってくれた遥希の温もりに助けられて、最後まで話すことができた。

「あたし、強がりだから……弱ってるところを見られたくなくて。いやがらせされてもムリして笑ってた」

平気なフリをしてたけど、ほんとは心が痛かった。

苦しかった。

傷ついた。

泣きたかった。

ほんとはね、人一倍臆病で弱虫なんだよ。

感情が高ぶって、不意に涙があふれた。

優しく頭をなでてくれる大きな手のひら。

その温もりがまた、あたしの心の弱いところを刺激する。

「ひとりでよく耐えたな」

「う……ひっく」

心の中がぐちゃぐちゃで、涙が止まらなかった。

ほんとはずっと、こんなふうに泣きたかった。

誰かに聞いてほしかった。

「那知はよくがんばったよ。次からはみんなにも理解してもらえるようにすることを心がけたら、なにかが変わるかもな」

「理解してもらえるように……する、こと？」

涙をためた瞳で遥希を見上げる。

「聞く耳を持ってもらえないかもしれないけど、ウワサを否定すること。違うって言い続ければ、そのうちみんななにも言わなくなると思う」

まっすぐな遥希の言葉が胸に刺さった。

今まで否定しても信じてもらえないって思いこんでいたけど、それはまちがいだったのかな。

否定しないからこそ、本当のことなんだと思った人も、中にはいるのかな。

「まぁ、否定してほしいっていうのは俺の願望っていうか、私情もちょっと入ってるんだけど」

「え……？」

「周りに稲葉とつきあってるってカン違いされるのがイヤっていうか。俺、結構……独占欲が強いみたい」

照れ笑いを浮かべるその横顔。

思いがけないことを言われて、一瞬フリーズした。

「はは、那知がツラい時になに言ってんだよな。悪い」

「ううん……っ」

「俺も似たような経験があるから、那知の気持ちがわかるんだ」

意外だった。

遥希にもそんな経験があったなんて。

「中学に入りたての頃、親友の好きだった女子が俺に告白してきてさ。傷つけたくなくてそのことを親友に黙ってたら、いつのまにかウワサになってたんだ」

そう言って寂しそうに目をふせる遥希。

「つきあってるとか、俺から告白したとか、根も葉もないこと言われて。親友の耳にもそれが入って、違うって否定したけど信じてもらえなくてさ」

ツラそうに話す遥希の手をギュッと握った。

すると、同じようにまたギュッと握り返された。

大丈夫。

きっと、そう言いたいんだ。

「ショックだった。でも、親友だけにはカン違いされたくなかったし、わかってほしくて否定し続けた。そしたらだんだん信じてくれるようになって、ウワサもいつのまにか消えてなくなってたんだ」

ここでようやく遥希の顔がフッとゆるんだ。

「その時はツラかったし、なんでわかってくれないんだよって投げやりになったりもしたけど、結果的にはよかったたって思ってる。だから那知のこともいつかはわかってくれる人が出てくると思う。みんなじゃなくても、たった数人にでもわかってもらえたら心強いだろ？」

「うん……そうだね」

あたしは最初からわかってもらうことをあきらめてた。

信じてもらえないって決めつけて、動こうとしなかった。

でも、明日からはがんばってみよう。

この状態がずっと続くのはイヤだから、勇気をだしてみる。

「那知ならできるよ」

頭をポンとされたら、それだけで心の底から勇気がわいてきた。

「いやがらせがあまりにもひどいようなら、俺的にはイヤだけど稲葉に相談するとか。できるなら俺が学校に乗りこみたいところなんだけどな」

冗談めかして話す遥希の顔を見ていたら、思わず笑みがこぼれる。

「遥希って、意外と行動派なんだ」

「自分のことなら耐えられるけど、大切な人がツラい目にあってるのは耐えられないんだよ」

——ドキッ。

大切な人。

そんなふうに思ってくれてるなんてうれしい。

「那知はためこむタイプだってよーくわかった」

「遥希にはなんでも知られちゃってるんだね」

それだけあたしを見てくれてるってことなのかな。

だとしたら、幸せだ。

相手が好きな人だからこそ、よけいに。

「だから、もし俺のせいで那知がツラい目にあうなら、俺は潔《いさぎよ》く身を引くよ」

「なにそれ～！　遥希って意外とロマンチスト？」

「違うよ、本心だって。ま、全力でそうならないように努力するけど」

「遥希のせいでツラい思いをするなんて、想像つかないな」

だってこんなに優しいんだもん。

温かいんだもん。

強いんだもん。

そんなところに惚れたんだよ？

だからあたしは、なにがあっても遥希を手離したりはしない。

「頼ってもらえるとうれしいタイプだから、なんかあったらいつでも言って。必要な時は会いにいくから」

ありがとう。

なんだかものすごく元気が出たよ。


次の日。

ゆずは今日も休みだった。

心配になってメッセージを送ってみたけど、『大丈夫だよ‼　親が念のために休めってうるさくて』と返ってきてひと安心。

昨日のような心細さはなく、むしろなんだか清々しくて、晴れ晴れとしていた。

「こてっちゃん、おはよう！」

教室に着くなり、机につっ伏して寝ているこてっちゃんの肩をポンと叩いた。

「あー、はよ」

ダルそうに体を起こして、寝ぼけ眼で答えるこてっちゃん。

髪の毛には寝ぐせがついている。

「朝から眠そうだね～！　夜更《よふ》かししてたの？」

「お笑いグランプリの録画観てたら、ついな。つーか、今日はやたら元気だな」

あくびをしながら、こてっちゃんが怪訝な目を向けてくる。

「そう？　いつもと変わらないよ」

「いや、最近元気なかったから、久しぶりにもとに戻ったっつー感じ？」

えへへ、それはね……。

昨日遥希が話を聞いてくれたからだよ。

ニヤけそうになる口もとを、思わず手で隠した。

「は、工藤かよ。わかりやすいやつ」

「えへへ」

「はいはい、よかったな」

こてっちゃんはおもしろくなさそうに言い、再び机につっ伏した。

今日もまたつき刺さるような視線を感じるけれど、気にしない。

「そういえば……。つーか、なんで言わねーんだよ？」

ムスッとして、顔だけをこっちに向けるこてっちゃん。

「佐倉にいやがらせされてるんだろ？　タナッシーが、昨日靴箱でモメるおまえらを見たって」

ウソ、見られてたの？

最悪だ。

「なにされたんだよ？」

「あー……べつにたいしたことじゃないよ」

「俺には言いたくないってか。まぁ、いいけど。佐倉には俺から言っとくよ」

「ううん、大丈夫」

「大丈夫って、おまえ」

「もう大丈夫だから、心配しないで」

「助けてほしかったら遠慮せずに言えよ？　俺と那知の仲なんだからな」

ありがとう。

その意をこめて、にっこり微笑んだ。

これ以上、こてっちゃんを心配させるわけにはいかない。

ちゃんと佐倉さんと向きあってみる。

うまくいかないかもしれないけど、なにもしないで逃げてるだけの自分はイヤだから。

勇気をくれた遥希のためにも、自分自身のためにも、ここでやらなきゃなにも変わらない。

だから、がんばるよ。


決心したものの、とくに何事もなく、気づけばもうお昼休み。

ちゃんとするって言っても、なにをどうすればいいのかわからなかった。

「あはは、でさ！　昨日やっと言ったわけ！」

「えー、それでそれで？」

廊下を歩いていると、トイレから出てくるにぎやかな三人組の姿が見えた。

佐倉さんたちだ……。

ドクドクと鼓動が脈打つ。

ど、どうしよう。

いざ彼女たちを目の前にすると、足がすくんで動かなくて。

逃げだしたい気持ちに駆られた。

「うっわ、最悪。また会っちゃったよ」

「廊下を歩かないでくださーいって感じだよね」

ひしひし感じる視線とトゲトゲしい声。

拳をグッと握りしめて、気合いを入れる。

がんばれ、あたし。

負けるな。

「ちょっと……いいかな？」

彼女たちの前に立って思いきって声をかけた。

「なに？　文句でもあるわけ？」

中央の佐倉さんがあたしにつめ寄る。

ほかのふたりは黙ったままにらみをきかせてきた。

「ここじゃゆっくり話せないから、中庭に行かない？」

佐倉さんの目をまっすぐに見て、そうもちかけた。

対峙するあたしたちを見て、周りの人がおもしろいものでも見るかのような目を向けてくる。

「なんであんたに呼びだされなきゃいけないわけ？　ユウナ、戻ろ」

「そうだよ。あんたにつきあうほどヒマじゃないって」

佐倉さんの腕をひっぱって連れ去ろうとする。

だけど佐倉さんは動かなかった。

「ユウナ、どうしたの？」

「ちょっと行ってくる」

「え？　マジ？」

戸惑うふたりを置いて、佐倉さんはあたしの横を通り過ぎて歩いていく。

「あんたが言ったんでしょ？　早く来なさいよね！」

そう言われて、あたしもあわててあとを追った。

外はまだ蒸し暑くて、秋らしさはまったくない。

「で、なに？」

相変わらず冷たい瞳を向けられてひるみそうになったけど、逃げない。

ちゃんと向きあうって決めたんだ。

だから、がんばれあたし。

「あのね、ウワサのことだけど。あたしとこてっちゃんはつきあってなんかいないから。

あの写真は、たまたまじゃれあってるところを撮られただけなの。カン違いされてもおかしくないとは思うけど。でも、違うの。つきあってないから、二股なんてしてないよ」

まくし立てるように一気に言った。

うまく伝えられているかわからないけど、ウワサはデタラメなんだってことをわかってほしい。

それでいやがらせが収まるとは思わないけど、なにかを変えるには自分から動かなきゃいけないから。

「ふーん、それで？」

「え……？」

「それがどうしたの？」

「二股してるわけじゃないって伝えたくて……わかって、ほしくて」

「そんなの、あんたの自己満でしょ？　あたしが言いたいのはそんなことじゃない。ヘラヘラ笑って稲葉くんの隣にいるあんたが、ずっと前から大きらいだった」

――ズキン。

いくら仲良くないとはいえ、きらいってはっきり面と向かって言われるのはツラいものがある。

「あの写真撮ったのはあたしだよ。あんたと稲葉くんが夏祭りで一緒にいるところを見かけて、思わず撮ったの」

え……？

「いやがらせしたのは穂花に頼まれたのもあるけど、あたし自身あんたが大きらいだったから乗っただけ」

「稲葉くんにチヤホヤされてヘラヘラしてるあんたがムカつくの。その上、工藤くんまで！　だから、黒板にあることないこと書いてやった。SNSで拡散したのもあたしたち。あんたが困ればいいと思ってやっただけ。っていうか、稲葉くんとつきあってないことくらい知ってるし」

佐倉さんはバカにしたように笑った。

つきつけられた現実に、思考が追いつかない。

黒板に書いたのも、SNSで拡散したのも、全部佐倉さんたちの仕業だったなんて。

ウワサの内容が気に入らないからいやがらせされてるんだと思ってたけど、違ったんだ。

「あたし……そこまできらわれるようなこと、した……？」

ただこてっちゃんと仲がいいからって、ここまでする？

「だから、その無神経さがムカつくって言ってんの！　幼なじみだかなんだか知らないけど、稲葉くんの周りにいっつもいるし！」

――ドンッ。

怒りをあらわにした佐倉さんに肩を思いっきり押され、うしろによろめく。

「あんたがサッカーの応援に来るたびに、目障りで仕方なかった！　視界から消えてほしいのに、チラついてイライラして……っウザくて。とにかく、あんたが大っきらいなの！」

力まかせにもう一度押され、尻もちをついた。

アスファルトの上だから結構痛い。

ふと顔を上げると、佐倉さんは唇をかみながら涙をこらえていた。

どうして……そんな顔をするの？

泣きたいのは、あたしのほうなのに。

「……こてっちゃんが好きなの？」

「そんなのあんたに関係ないでしょ！」

カッと大きく見開かれた瞳。

ムキになって怒っている姿を見ると、どうやら図星のようだ。

「告白しないの？」

立ちあがり、真顔で佐倉さんを見た。

「だから、あんたには――！」

怒りが抑えられなくなったのか、佐倉さんは大きく手を振りあげた。

その手は止まることなく、あたしの頬めがけて振りおろされようとしている。

叩かれる！

そう思って反射的に目を閉じた瞬間――。

「ストーップ」

低い声が聞こえた。

「ケ、ケイ……！　なんで？」

戸惑うような佐倉さんの声におそるおそる目を開けると、佐倉さんが振りあげた手をつかんで止めるタナッシーがいた。

そこにはいつもの甘い微笑みはなく、ただまっすぐに佐倉さんを見つめている。

「なんでじゃねーよ。なにやってんの？」

「か、関係ないでしょ！　ほっといてよ」

手を振り払い、わざとらしくそっぽを向く佐倉さん。

「どうしちゃったんだよ。ユウナはこんなことをするやつじゃなかっただろ？」

「ケイには……関係ないでしょ！」

「心配してるんだよ」

「そんな筋合いはないから……っ！　もうあたしに構わないで！」

悲痛な表情を浮かべながらそう言って、佐倉さんは走っていってしまった。

「やれやれ、マジでアイツは……。桐生、ごめん。本来はいいやつなんだけど」

「ううん……いいの。あたし、相当きらわれてるね」

ハハっと苦笑してみせる。

そうでもしないと、ヘコんでしまいそうだった。

「告白、したんだよ」

「え……？」

「ユウナのやつ、夏休み最終日に小鉄に告白したんだ」

「そう、だったんだ」

知らなかったとはいえ、よけいなことを言っちゃったかな。

「結果は言わなくてもわかるよな？　それでショックを受けて、傷ついてるんだと思う。だからって桐生に当たるのはまちがってるけど。ユウナの気持ちもわかってやってほしいっていうか……イジメまがいのことは、俺がなんとしてでも止めてみせるから。だから、許してやってほしいんだ」

今までされたことを思うと即答はできなかった。

だけど真剣なタナッシーの強い思いが伝わってきて、否定することもできなかった。

それに、あたしの無神経さが佐倉さんを傷つけていたのなら、そこは素直にあやまりたい。

今すぐにはムリだけど、いつか――。

いつかまた佐倉さんと向きあうことができたなら、今度はもっとちゃんと話せるかな。

ひどいことを言われて傷ついたしショックだったけど、それでも行動してよかったと心から思える。

「穂花って誰だか知ってる？」

「穂花？　そんな名前のやつ、うちの学校にはいないよな」

うーん。と、うなりながら、記憶をたどっているタナッシー。
佐倉さんは穂花って子に頼まれたって言ったけど、いったい誰なんだろう。
いくら考えてもわからなくて、モヤモヤだけが後に残った。

＊　＊　＊

From * 3

過去の清算

暑い、ものすごく。

苦しい、切ないほどに。

記憶を取り戻すたびに、ドクドクと鼓動が激しさを増す。

ベッドからのっそり起きあがると、冷や汗が流れ落ちた。

手を当てなくてもわかるほど、心臓がバクバクしてる。

衝撃的な夢だったからかな。

どんどん明らかになる過去に、信じられない気持ちでいっぱいだ。

本当に起こっていることなのかと疑う気持ちがないといったらウソになるけど、少しずつ受け入れることはできている。

頭はスッキリしていて、よく眠ったからなのか体のダルさもない。

「那知ー、ごはんよー!」

「はーい……!」

階下からママが呼ぶのは、退院してから毎日の習慣で次第に慣れつつあった。

弟やパパとの関係も良好で、帰ってきてからまだ一週間しか経っていないのに、この家にいるとホッとすることができた。

今日の朝ごはんは目玉焼きと焼鮭とほうれん草のおひたし、味噌汁、白米、梅干しっていう和食の定番。

ママの料理はおいしくて、ついついいつも食べすぎてしまう。

「あ、そういえば。忘れてたわ」

「ん……ゴホッ、なにが？」

「これよ、これ」

目玉焼きを口いっぱいにほおばるあたしに、ママがいそいそとなにかを差しだした。

ハガキ？

そこに書かれた内容を目で追う。

『東田中学校　第五十六回卒業生　同窓会のお知らせ』

「同窓、会？」

ゴクンと口の中のものを飲みこみ、ハガキをマジマジと眺める。

ハガキに書かれた日付けと時間は、八月十二日の十三時。

キレイにプリントされた、公式のハガキだった。

「今日なんだけど、どうする？　こんなことになる前は那知は行く気だったみたいで、ハガキも出席で返送してたんだけど」

「じゃあ行くよ」

「あら、そう？　場所は中学校の体育館だけど、わかるかしら」

「大丈夫だよ。この前、こてっちゃんとゆずに案内してもらったし」

「そう？　じゃあ、気をつけてね」

うん、と返事をして、残りのごはんを勢いよくかきこんだ。

急なことだとはいえ、毎日なにをするわけでもないあたしには都合がいい。それに、行けばなにか思い出せるかもしれないという期待もあった。

歯を磨いて部屋に戻り、なにを着て行こうかと頭を悩ませる。

よそ行きの服なんて持ってたのかなー。

クローゼットの中をあさって、ようやく見つけた淡い黄色のワンピース。

スカートのところにひまわりの刺繍《ししゅう》が入っていて、とてもオシャレ。

ノースリーブだけど、白い無地のTシャツと合わせれば、あまり肌を露出することなく着れそうだ。

よし、これにしよ！

着替えをすませ、ファンデーションとチークとグロスを薄めに塗って、髪を軽く巻いてシュシュでハーフアップにした。

準備完了。

まだ同窓会が始まる時間までには早いけど、なんだかソワソワして落ち着かないから家を出ることにする。

今日はここ数日のまっ青な空がウソみたいな、どんよりとした曇り空。

ジメジメしていてうっとうしい天気だ。

中学校までは家から徒歩ですぐなので、五分もしないうちにたどり着いた。

十二時十分。

同窓会開始までには、まだまだ余裕がある。


「わー、夢の中とおんなじだ」

校内を探検することにしたあたしは、いろんな場所をのぞいてみた。

教室やトイレ、職員室とか、学校の雰囲気がこわいくらいに夢の中で見たものと同じで、懐かしくも感じる。

最後に中庭に行くと、今日の同窓会に参加する卒業生と思われる私服姿の人をちらほら見かけた。

ほとんど見たことのない人だけど、夢の中で見た顔も数人あった。

あちこちキョロキョロしながら、校舎の角を曲がった瞬間——。

——ドンッ。

「きゃあ」

反対側からやってきた人と思いっきりぶつかった。

「いったぁ」

「ご、ごめんなさいっ！」

「ほんと痛いんだけど」

痛そうに肩をさすりながら、アイメイクがバッチリな目でにらまれた。

明るい茶色の髪を器用に巻いて、ふわふわしたかわいらしいシフォンのワンピースを着たハデな女の子。

「ほんとにわざとじゃないんで」

腕組みしながら、明らかに不機嫌な顔を向けてくる女の子にペコっと頭を下げる。

そんなににらまないでください。

「わざとだったら許さないわよ」

気が強くて勝気な瞳に、ふてぶてしい態度。

そしてなによりも、どことなく見覚えのある顔。

去年とはずいぶん違っているけど、まちがいない。

「佐倉、さん……？」

「え……？」

「佐倉さんだよね？」

「あんた……」

こんな場所での偶然の再会にビックリしている佐倉さん。

今朝見た夢の中の登場人物に現実でも会えるなんて、タイミングがよすぎるよ。

「なによ、まだ文句でもあるわけ？」

思わずじっと見つめていると、荒々しい口調でイヤミを投げつけられた。

「文句なんかないよ。元気だった？」

友達でもなんでもないけど、懐かしさがよみがえってそんなことを聞いてしまう。

「はぁ？　なんであんたにそんなこと聞かれなきゃいけないわけ？　ほんっと無神経だよね」

「ご、ごめん。なんか思わず」

「はぁ。来たとたん、一番会いたくない人に出くわすなんて最悪」

堂々と悪態をつかれて、うっと言葉につまる。

だけど前のようなトゲトゲしさはなく、あきれているような感じ。

そんなにはっきり言わなくてもいいのに。

「いいわ、今日は過去を清算するために来たんだし。気がかりなことは最初に終わらせなきゃね」

「？」

「あたしは今でもあんたのことが大っきらいだけど」

あたしを見つめるその瞳には、怒りの色はにじんでいない。

むしろ後悔しているような、そんな目だった。

「でも、ずっとモヤモヤしてた」

「どういう、こと？」

「だーかーらー！　ずっとモヤモヤしてたの、今まであんたにしたこと！　あの時は稲葉くんにふられた直後で、ムシャクシャしてたの。だけど、あとになって冷静に考えたら悪いことしたなって……思って」

反省しているのか、バツが悪そうにどんどん語尾が弱まっていく。

ついには目をふせ、うつむいてしまった。

「あの時は、ごめん」

顔を上げ、まっすぐなまなざしを向けられた。

相変わらず態度は大きいけど、これが佐倉さんなりの反省なのかもしれない。

「いいよ、あたしにも無神経なところがあったと思うし」

目を見たら佐倉さんの本気の思いが伝わってきて、あたしも素直になることができた。

胸にあったわだかまりがスーッと溶けていく感覚。

「あんたってほんとお人好しだね。普通は許さないでしょ」

「そんなことないよ。佐倉さんの気持ちは、あたしにもわかるしね」

遥希を好きになってわかった。

もしあたしが佐倉さんの立場なら、振り向いてもらえないのが悔しくて、同じようなことをしたかもしれないって。

それが人を傷つける行為であっても、その時は相手のことなんて考えられなくて。

いっぱいいっぱいなんだ。

「人に頼まれたとはいえ、最低なことをしたなって思う」

「穂花って人のこと、聞いてもいい？　あたし、その子になにかしたのかな？」

「…………」

聞いても佐倉さんはだんまりで答えようとはしなかった。

それどころか気まずそうに目をふせ、なにも聞くなオーラをだしている。

「お願い、教えてよ。穂花って名前の子を知らないし、このままじゃ気になって仕方ないんだけど」

「……桜尾中のサッカー部の元マネージャーの、水井《みずい》穂花だよ」

観念したのか、佐倉さんがつぶやく。

桜尾中のサッカー部の元マネージャー……？

「それって……ミズホさん？」

「ああ、たしか桜尾中ではそう呼ばれてたっけ」

水井穂花で、ミズホだったんだ。

ミズホって下の名前じゃなかったんだ。

「夏祭りで稲葉くんと仲良くするあんたを見かけたあとに、たまたま穂花に見せてもらった写真にも写ってて……なんだか、ムカついたの。　穂花も相当ムカついてたみたいで、つい」

あんなことをしちゃった。

消え入りそうな声で佐倉さんはつぶやいた。

「ごめん」

申し訳なさそうに頭を下げる佐倉さん。

「やめてよ、ほんとにもうなんとも思ってないから」

「あたしなりのケジメってやつ。じゃなきゃスッキリしないしね。穂花も工藤くんに怒られて相当へコんでたし、反省してると思う」

「え？　遥希がミズホさんを怒った？」

「ケイが稲葉くんに全部話したの。それで稲葉くんが工藤くんに穂花のことを言ったらしい」

そう、だったんだ。

知らなかった。

って、当然か。夢ではここまでわからなかったんだし。

「おーい、那知！」

「あ、こてっちゃん」

「おまえ、なんで家にいねーんだよ！」

走り寄ってきたこてっちゃんは、膝に手をついて肩で息をする。

そして、流れ落ちる汗を腕でぬぐった。

濃いめのジーンズに白のTシャツといったラフな姿のこてっちゃん。

「久しぶりだね、稲葉くん」

「佐倉か……？　久しぶりだな。つーか、ふたりでなにしてたんだよ？」

こてっちゃんは眉をひそめ、佐倉さんとあたしの顔を交互に見た。

「なにって……べつに」

もごもごと言いにくそうに口ごもる佐倉さん。

「過去の清算だよね？」

「過去の清算～？」

「そう！　女同士の秘密だから、こてっちゃんは向こう行って」

「へいへい、とりあえず大丈夫そうでよかった」

「当たり前でしょ。なんもないよ～！」

不安だったけど、今日は来てよかった。

そう思った。


それから遥希に遭遇したのは、同窓会の次の日の雨の公園だった。

昨日の夜から降りだした雨はだんだんとひどくなり、午後三時を過ぎたというのに、いまだにやむ気配をみせない。

公園のひまわりは、この雨の中でも変わらず元気に咲いていた。

土砂降りのせいか、雨の音があたりに大きく響いている。

ひまわりの前で傘をさしながら立っているうしろ姿に、うれしくなって飛びついた。

「はーるき！」

「うわ、ビックリした」

「えへへ」

「えへへじゃないだろ、えへへじゃ。ったく、のんきだな」

なんて言いながら苦笑した遥希は、いつもの優しいまなざしであたしを見下ろす。

「会えたのがうれしかったんだよ！」

「はは、そっか」

「うん！　それと報告したいことがあって」

「報告？」

「うん、あのね」

昨日の同窓会での出来事を話した。

遥希は黙って話を聞いてくれて、最後には優しく笑ってくれた。

「よかったな。これで本当に一件落着だ」

「ありがとう。だけど、遥希がミズホさんのことを怒ったってことにはビックリだったなぁ」

「なんだよ、稲葉のやつ。那知にしゃべったのかよ……言うなっつったのに」

バツが悪そうな表情を浮かべて首のうしろをかく遥希。

「違う違う、佐倉さんから聞いたの。あたしのために、ありがとうね」

「マジで知られたくなかった……俺、カッコ悪いよな。はぁ」

よっぽどイヤだったのか、遥希は大きなため息をついた。

「カッコ悪くなんかないよ！　遥希は今も変わらずカッコいいよ！」

「はは……サンキュー」

「ほんとにほんとだよ？」

そんなふうに私を気づかってくれる遥希だから、好きになったんだよ。

そんな想いで、遥希の手をギュッと握った。

今日は涼しくて気温が低いせいなのか、ヒヤリとするほど冷たい。

だけどこれが遥希の温もりだ。

「ねぇ……あたし、遥希が好きだよ」

今も夢の中でも変わらない。

どうしようもないほど、きみが好き。

記憶を失っても、ひと目見てまたきみを好きになった。

過去のことを夢に見るたびに、想いはどんどん大きくなっていく。

この気持ちは、ホンモノだよ。

「はは、なんだよいきなり」

笑っているけど、抑揚のない声からは感情が読み取れない。

遥希は今のあたしのことをどう思っているんだろう。

まだ好きでいてくれてる？

『つきあってた』

あの日遥希はそう言ったけど、今はどうなの？

あたしたちはどんな関係？

そんなふうに寂しそうに笑わないでよ。

聞きたいのに、聞けなくなるじゃん。

「いつまで降るんだろうな」

なにも聞くなというように、あからさまに話題を変えられた。

空を見上げるその横顔は遠くを見つめているように思えて、まるで心ここにあらずというような感じだった。

ねぇ……あたしのこと、どう思ってるの？

なんで、なにも言ってくれないの？

「早くやむといいね」

喉もとまで出かかった言葉をグッとのみこみ、同じように空を見上げる。

もっと遥希のことが知りたい。

早く全部思い出したい。

夢で見たように、心から笑いあいたい。

ずっと、一緒にいたい。

だけど今の遥希の横顔を見ていると、それはあたしだけの願望なんだと思わざるをえなかった。

ふたりで見上げた空は灰色がかっていて、なんだかとても寂しげだった。

「じゃあ、あたしはそろそろ帰るね」

まだぼんやりと空を見上げる遥希の横顔に、雨が弱まった頃合いを見計らって声をかける。

なんとなく重くなった空気に耐えられなくなった。

夏祭りの時はとても楽しかったのに、今とはえらい違いだ。

あたしが好きだなんて言ったから？

迷惑だったの？

幸せだった時のことを考えれば考えるほど、落ちこんでしまう。

「那知……っ！」

うしろから思いっきり腕をひっぱられ、振り返らされた。

そこには焦ったような表情を浮かべる遥希の姿。

「違うんだ……っ違うんだよ」

そのままの勢いでキツく抱きしめられ、身動きが取れなくなる。

「は、遥希……どうしたの、いきなり」

「違うんだ……っ」

繰り返される言葉は、今にも泣きだしそうな弱々しい声。

体が小刻みに震えている。

ただごとじゃない様子に不安が押し寄せた。

いったい、どうしたの？

「俺は……俺はっ」

言葉をつまらせながら、でも必死になにかを伝えようとしている。

「那知のそばにいたら、ダメなんだ……っ。だから、ごめん……」

涙まじりにそう言った遥希の声は、消えてしまいそうなほど弱々しかった。

「どういう、こと……？　あたしのことがきらいなの？」

「違う……！　きらいなんかじゃない。むしろ……っ」

腕の力が強まって、さらにキツく抱きしめられる。

遥希の温もりにはいつも安心させられるのに、どうしてこんなに胸がざわつくんだろう。

泣きそうになるんだろう。

「ちゃんと言ってくれなきゃ、わかんないよ」

「……ごめんっ」

耳もとで小さくささやくと、遥希はあたしから離れて走り去った。

幸せな日々

遥希が去ったあとの公園で、あたしはひとりぼんやりしていた。
『那知のそばにいたら、ダメなんだ』
震える体と弱々しい声が脳裏《のうり》に焼きついて離れない。
『きらいなんかじゃない。むしろ……っ』
ねぇ……その続きは？
聞きたかったのは、ごめんっていう言葉なんかじゃないんだよ。
あやまられてもつき離された気分にしかならなくて、胸が苦しくなった。
ごめんってなに？
もうあたしのそばにはいられないってこと？
遥希はなにかに苦しんでいるみたいだった。
その苦しみを取り除くことは、あたしにはできないのかな。
あたしじゃ頼りにならない？
「はぁ」
ため息をこぼしたところでハッと我に返る。

雨はすっかり上がって、雲の隙間から青空が見え始めていた。

たっぷりと雨の恵みを受けた木々の葉から、ポタポタと雫《しずく》が滴り落ちる。

なんとなく家に帰るのはイヤで、意味もなくその辺を歩いた。

そういえば、遥希はどこに住んでいるんだろう。

桜尾中はたしか、隣の地区だったっけ。

公園をはさんだ向こう側が隣の地区だから、遥希が公園にいても不思議じゃない。

思えばなにも知らないや。

こんなに好きなのに、遥希のことを知ろうとしていなかった。

聞くチャンスはいくらでもあったのにね。

隣の地区は大きな駅もなくひっそりとしていて、唯一あるのは大きな大学病院くらいだ。

ここはあたしが入院していた病院でもあり、パパが働く病院でもある。

ガラス張りのオシャレな外観。

病院の隣にはドラッグストアとコンビニがある。

それ以外には住宅ばかりで、目立つような大きな建物はなにもない。

遥希はこの町のどこかに住んでいるのかな。

あたし、ほんとになにも知らないなぁ。

これじゃあ、好きなんて言えないよ。

もっと知りたい、きみのこと。

だってやっぱり、好きだから。

空を見上げると、さっきよりも晴れ間が広がっていた。


その日の夜、複雑な気持ちを抱えたままベッドに入った。

久しぶりに頭痛に見舞われて頭が重い。

そのせいなのか、目を閉じると一瞬で夢の世界に引きこまれた。

＊　＊　＊

「え、こてっちゃんも宮園高校を受験するの？」

「おうよ！」

十月中旬、いよいよ本格的に受験モードに突入するという時期。

「俺もそろそろ本気をだそうと思って。夏休み明けから必死のピッチ」

カーディガンの袖をまくりあげながら、こてっちゃんが得意げに鼻をすする。

「大丈夫なの？　今までまともに勉強なんてしてなかったのに」

「俺を誰だと思ってんだよ！　やる時はやる男だっつーの」

そうは言うものの、それでもやっぱり心配になる。

夏休みの宿題すらまともにやらないのに、ほんとにできるんだろうか。

ついつい疑ってしまったけど、その日から宣言どおりこてっちゃんは変わった。

「ほんとにすごいんだよ。まるで別人って感じ！　やればできるのをすっかり忘れてて、あたしもうかうかしてられないなぁって」

「へぇ、そんなにすごいんだ」

ある日の放課後、遥希とふたりでひまわりの花壇のそばのベンチに座っていた。

こうして時々会っては、一緒に受験勉強をしたり、他愛もない話をしたりしている。

遥希の家は大学病院のすぐ裏手にあり、あたしの家から意外と近いことを最近になって知った。

「すごいってもんじゃないよ。メキメキ伸びてるんだもん。夜に電話がかかってきてわからないところを聞いてきたり、教科書を持って突然家に来たりするんだよ」

夏休みに動画を観てケラケラ笑っていた時とは明らかに違っているこてっちゃんは、本気で宮園に行きたいんだろう。

やる気がみなぎっていて、闘志満々だ。

「あたしも、もっとがんばらなきゃ！」

負けてられないよ。

「稲葉と仲いいんだな」

「え？」

スネたような声に顔を上げると、ふてくされた遥希の横顔が目に入った。

こちらに向き直りあたしの顔をじとっと見つめる真剣な瞳に、ドキリとする。

「電話したり、家で会ったりしてるんだ？」

なんだか機嫌が悪い？

「幼なじみっていうだけで、昔から家族ぐるみで仲がいいだけだよ？」

「ふーん」

「もしかして、なんか疑ってる？　あたしとこてっちゃんじゃありえないから心配しないで」

「疑ってるっていうか、普通に妬《や》ける」

とっさに手を握られて、スネた瞳と視線が重なる。

「那知がほかの男と会ってるってだけで、すっげーイヤだ」

「た、ただの幼なじみだよ？」

まっすぐに見つめられて、なんだかはずかしくなって目をふせた。

「だからこそイヤっつーか」

遥希はそんなあたしにお構いなしに、耳もとに唇を寄せた。

「よけいに那知を独り占めしたくなる」

――ドキン。

独り占めって……。

「ち……近いよ。はずかしいから」

今までにないくらいの至近距離に、ドキドキが止まらない。

目だけを動かすと、すぐそばに遥希の唇があった。

ど、どうしよう。

なんだか緊張してきた。

「普通に照れるよ」

それに、これ以上見られたらおかしくなりそう。

「は、遥希」

「イヤだっつったら？」

「……っ」

顔がものすごく熱い。

きっと、まっ赤だ。

「なんで目を合わせないんだよ？」

「な、なんでって……はずかしいからだよ」

「顔上げろって」

う、だって。

「那知」

あごにふれて、上を向かされる。

目が合った瞬間、顔から火が出そうになった。

それに比べて遥希は、慣れているような余裕の表情を浮かべている。

「はは、まっ赤じゃん」

「だって……遥希みたいに、慣れてないもん」

少しイヤミな言い方。

だって……慣れてるみたいなんだもん。

そんなの、イヤだ。

意外とあたしも独占欲が強いのかもしれない。

「俺だって慣れてないっつーの。これでも内心ドキドキしまくりだし」

「ウソだ」

「いや、マジだから」

そう言いながら、ほんのり赤く染まる頬。

照れているのか、パッと目をそらされた。

「那知の反応があまりにも素直だから、ついイジメたくなるんだ」

「なっ……なにそれ」

「いや、マジで。照れる姿がかわいくて、ずっと見てたい」

熱を含んだまなざしで見つめられ、ますます赤くなってしまった。

やっぱり遥希はずるいよ。

こんなにドキドキさせるなんて。

胸の奥から『好き』がたくさんあふれだす。

あたしばっかりこんなに好きにさせるなんて、ほんとにずるい。

そんなことを考えていたら、遥希の顔がどんどん近づいてきて。

どうすればいいのかわからずに硬直してしまった。

「キスしていい？」

「……っ」

はずかしくて、この状況にいっぱいいっぱい。

やっぱり……慣れてるじゃん。

こんな時にそんな卑屈なことを考えるあたしは、どうかしてる。

「いい？」

そんなこと、聞かないでほしい。

どう返事をすればいいのかわからないよ。

「イヤならなにもしないけど」

「イヤじゃ、ない」

イヤなわけない。

だって、こんなに好きなんだもん。

「いい、よ」

ぎこちなくそう返事をすると、あたしの手を握る力が強まった。

そしてそばまで引き寄せられ、あっという間に距離がなくなる。
頬にふれる遥希のサラサラの黒髪が、ものすごくくすぐったい。
トクントクンと激しく打つ胸の鼓動。
「目、閉じて」
言われるがままギュッと目を閉じた瞬間――。
「んっ」
遥希のやわらかい唇が、あたしの唇に重なった。
ふれた唇はかすかに震えていて、緊張が伝わってくる。
キスしてる実感なんて全然わかない。
ドキンドキンと高鳴る鼓動と、唇の温もりだけに意識を集中させることに精いっぱい。
そうでもしないと、はずかしすぎて、照れくさくて。
どうにかなってしまいそうだった。
どれくらい経ってからだろう。
遥希の唇が離れたのは。
「はは、なんか……照れるな」
照れくさそうな遥希の声が聞こえた。
あたしはまともに顔も見れなくて、目をふせた状態で小さくうなずく。
心臓の音がやけにうるさい。

「俺、マジで那知のことが好きだ。大事にするから……俺とつきあってほしい」

——ドキン。

「すっげー今さらだってことは、わかってる。でも、ちゃんと言ってなかったなぁと思って。ケジメっつーか、俺が言いたかっただけです……はい」

語尾が小さくなっていき、最後には聞こえるか聞こえないかほどの声だった。

たしかにちゃんと言われていないけど、もう今さら気にしないのに。

だけどそんなところがマジメというか、遥希らしくて思わず笑ってしまった。

「えーっと……こんなあたしですが、よろしくお願いします」

遥希の手を握り返しながらにっこり微笑む。

ずっと一緒にいられたら、こんなに幸せなことはない。

あたしはずっと、遥希の隣で笑っていたいよ。

この先もずっと、できれば永遠に——。

きみの隣で笑っていられますように。

「遥希ー、行けー！　ファイトー！」

声が続く限り、大声で叫んだ。

カーディガンの袖をめくりながら、全速力でボールを追いかける姿に思わず見とれる。

肌寒いのに額にはうっすらと汗がにじんでいた。

「遥希ー！　がんばれー！」

あたしの声に気づいたのか、遥希はチラッとこっちに目を向けた。

目が合った瞬間フッと笑われたけど、あたしは大きく手を振った。

「那知は相変わらず元気だね。稲葉くんのことも応援してあげなきゃ」

「あ、そうだね！　こてっちゃんもがんばれー！」

「あはは、声ちっさ！」

隣でゆずがクスクス笑う。

「だって……」

「はいはい、那知は工藤くんひと筋なんだよねー？」

うっ。

図星をつかれて言葉につまる。

でもでも、好きな人を応援したいのは当然のことだと思う。

今日はいつもの公園のグラウンドで、うちの中学と遥希の中学のサッカー部のメンバーが何人か集まってサッカーをしている。

半分遊びで半分本気。

でもみんな必死にボールを追っていた。

だからあたしも、ついつい応援に熱が入る。

しかも、大好きな人の応援ならなおさらだ。

「しっかし、みんなほんとにサッカーが好きなんだね〜。受験生だってこと忘れてない？」

「そういうゆずだって、サッカーが好きなくせにー！」

「あは、バレたー？」

「応援に来てる時点でそうじゃん」

「ほら、やっぱり息抜きも大事じゃん？　本格的な試合じゃなくても、観るのが好きなんだよね」

「わかる！」

ゆずの言葉に同調しながら、目ではずっと遥希を追ってる。

夏の試合の時と変わらないひたむきなプレーに心を奪われて、ドキドキしっぱなし。

やっぱり好きだな、遥希がサッカーしてるところを観るのは。

「那知、顔がニヤけてる」

「あは、だって〜！」

「そんなに好きなんだね、工藤くんのことが」

「……うん」

言ってはずかしくなった。

でも、自分の気持ちにウソはつきたくない。

「よかった、幸せそうで。工藤くんって優しそうだし、那知を任せられそうだね」

「うん、優しいよ」

それにね、想像がつかないけど独占欲も強いんだ。

意外とヤキモチも焼くし。

かわいいところもあるんだよ。

なんて、これはあたしだけの秘密。

「これはほんとに稲葉くんが泣くね」

「え？　泣かなかったよ？」

「は？　言ったの？」

ゆずがビックリしたように声を荒げた。

「うん。あんな写真が出回ったし、聞かれたから」

「ま、それもそうか。ウワサになったもんね。あー、今思い返しても許せない！」

「あはは、まぁまぁ」

なんて言いあってるうちに、ボールが遥希に渡って勢いよく駆けだした。

こてっちゃんには悪いけど、あたしはやっぱり遥希を応援したい。

「行けー！　がんばれー！」

顔の前で手を合わせてお祈りのポーズをする。

ボールが足に吸いついているような華麗なドリブルで、ゴールに向かってどんどん進んでいくのをハラハラしながら見守る。

ディフェンスをかわしてゴールキーパーと一対一になったところで、遥希は大きく足を踏みだしてボールを蹴った。

ゴールネットのまん中に引き寄せられるように、飛んでいくボール。

ゴールキーパーもそれに反応したけど、少し遅かった。

入れ……っ！

入れっ！

——ザッ。

「きゃー！　やったー！」

見事にシュートが決まり、あたしは思わず叫んだ。

先に点を入れたほうが勝利ということで、遥希の学校の勝ちだ。

「ゆず〜、やったよー！」

あまりのうれしさにゆずに抱きつく。

すると、クスクス笑われた。

「那知、かわいい」

「ゆずは美人さん」

「あは、ありがと。あ、ほら工藤くんが来たよ」

ゆずが指差したほうを見れば、うれしそうに笑う遥希がこっちに駆け寄ってきていた。

「那知！」

「おめでとう！　カッコよかったよ！」

「はは、サンキュー。那知の応援のおかげだよ」

「えー、そうなの？」

「すっげー声がでかかったから、思いっきりやる気が出た」

なんて言ってイジワルに笑う遥希。

でも、そのまなざしはとても優しい。

「あたしの声のでかさが役に立つとはね」

えへへ、うれしいな。

「いや、ほめてないんだけど」

「工藤くん、今の那知にからかいは通じないよ」

「え、あたしからかわれてたの？」

「思いっきりな。でも、半分は本気。那知のおかげでシュートが決まったようなもんだよ」

「もう、なにそれ!?」

三人で笑いあっていると――。

「くっそー、夏の時よりうまくなってんじゃん」

悔しそうな表情を浮かべたこてっちゃんが、輪の中に入ってきた。

負けたからなのか、浮かばない顔で遥希を見つめる。

「那知も工藤の応援ばっかしやがって」

なんて言いながら、あたしの頭に手をもってきていつもの調子で髪の毛をかき回す。

「やめてよ～！」

「少しは俺の応援もしろっつーの！」

「だって～……」

「だってじゃねーよ、だってじゃ」

こてっちゃんはあたしの肩に手を回して、ヘッドロックをしかけてきた。

「もー、やだ」

もちろん手加減してくれているから痛くはないわけだけど、なんとなく遥希に見られたくなかった。

「離れて、こてっちゃん」

「俺の応援しなかった罰だし」

「もー、子どもか！」

思わず苦笑してしまう。

「稲葉」

「んー？」

「那知は、俺のだから」

――ドキン。

遥希はこてっちゃんの腕をつかんで引き離すと、あたしの肩を抱いてニコッと微笑んだ。

ふれられたところがジンジン熱くて、どうにかなっちゃいそうだ。

『俺のだから』

俺のだから……。

俺の、だから……っ。

「ち、なんだよ。見せつけやがって。俺は幼なじみだっつーの」

悪態をつくこてっちゃんの言葉も右から左にスルー。

『俺のだから』

頭の中に何度も遥希の言葉がこだましていた。

「ほら、あたしたち邪魔者はさっさと退散しよ。行くよ、稲葉くん」

「はぁ？　邪魔者は工藤のほうだろ」

「いいから早く。みんなのところに行くよ」

「お、おい、ひっぱるなって」

「早くしないからでしょ。じゃあね、那知！　あとはふたりで楽しんで！」

「あ、うん、ありがとう！」

なかば強引にこてっちゃんの腕を引いて立ち去ろうとしたゆずに、あわてて手を振る。

「工藤くんもまたね。那知をよろしく！」

「うん、じゃあまた」

あたしの肩を抱いたまま、遥希がやんわり微笑んだ。

「あ、稲葉！」

「なんだよ……？」

「お互い宮園に受かったら、また一緒にサッカーしようぜ！」

「へいへい、受かったらな」

遥希の言葉に、こてっちゃんはめんどくさそうに返事をして仲間のところへ行ってしまった。

みんなはひとかたまりになって、なにやらしゃべっている。

学校は違えどサッカーが好きなのはみんな同じで、さらに試合で一度会っているからなのか会話が弾んでいるみたい。

その中でも企画者のこてっちゃんは、もち前の明るさで場を盛りあげていた。

「あたしたちはどうしようか」

「とりあえず公園を出るか」

公園を出て夕焼けの中をふたりで歩く。

「もうすっかり秋だね。ちょっと寒いかも」

「こうしたら寒くないだろ？」

遥希はさりげなくあたしの手を包みこみ、満足そうに微笑んだ。

「あは、ほんとだ。あったかい」

遥希の手も、心も。

思わず頬がゆるんで、あわてて口もとに手をやる。

だけどクスッと笑われて横目で見られた。

どうやらバレちゃったようだ。

「わかりやすいなぁ、相変わらず」

「だって……」

「すぐまっ赤になるし」

「……っ」

風になびくサラサラの黒髪も、幼く見えるけど整ったその横顔も、温かい雰囲気も。

全部、全部好き。

遥希のことを想うと、胸がキューーッと締めつけられる。

「遥希」

「んー？」

「ずっと一緒にいてね」

ずっと一緒がいいよ。

離れるなんて考えられない。

ギュッと力をこめて手を握り返した。

それに応えるように、遥希も強くあたしの手を握る。

そしてなぜかあたりをうかがうように見回してなにかを確認したあと、屈んで顔を近づけてきた。

え……？

疑問に思う間もなく、チュッと音を立てて唇になにかがふれた。

なにかなんて考えなくてもそれは遥希の唇で、キスされたんだということを一瞬にして理解する。

「ごめん、なんか急にしたくなった」

急にって……。

ほんとにいきなりすぎて、ビックリする間もなかった。

道端でキスするなんて、遥希って意外と大胆なんだ。

それに行動力もある。

頬をさわりながら照れる姿に胸がキュンとなる。

はずかしいけど、幸せだな。

なんて。

「あんまり見んなよ。ハズイだろ」

大胆なくせに、照れ屋でシャイな遥希。

からかうように、見つめれば見つめるほどまっ赤になっていく姿がかわいくて、ずっと見ていたい気分。

「受験勉強がんばるから、那知もがんばれ。絶対に一緒に宮園に行こうな」

「……うん！　もちろんだよ！」

遥希と同じ高校に行きたい。

そしたら絶対楽しいよね。

ずっと一緒にいられるんだもん。

「ずっと一緒にいような」

まっ赤になりながら優しい表情でそう言った遥希の横顔に、あたしは大きくうなずいた。

十二月に入ると急に寒さが厳しくなり、マフラーと手袋が手放せなくなった。

「遥希はクリスマスはどうするの？」

「クリスマス？」

「うん！　今年は受験生だから、やっぱりクリスマスはなし？」

だとしたら、少し残念だなぁ。

「塾だけど、その前にイルミネーションでも見にいく？」

「え、いいの？」

単純なあたしは、遥希のひとことにパァッと気分が晴れていくのを感じた。

「少しだけなら時間取れるよ」

「やった！　行く！」

初めて過ごすクリスマス。

やっぱりなにもなしは寂しいから、少しでも一緒にいられるならうれしい。

「二十五日の夜十八時にイチョウ広場に集合な」

「うん、楽しみにしてるね！」

クリスマスの約束を取りつけたところで、ちょうど家の前に着いた。

公園で会うのがあたしたちの定番になり、その帰りに遥希はいつも家まで送ってくれる。

もっと遠かったらまだ一緒にいられるのに、近いとあっという間に着いちゃうから残念。

「じゃあ、またな」

その声と共につながっていた手が離れた。

そしていつものようにその手を後頭部に添え、屈んで顔を近づけてくる。

ドキドキと早くなる鼓動。

遥希の顔が目の前に迫ってきたかと思うと、そのまま唇がふれた。

もう何度目のキスかわからないけど、いつも緊張して体が硬直してしまう。

ガチガチなあたしを見て、遥希はいつも笑うんだ。

「はは、じゃあな。風邪引くなよ」

「ありがとう。またね」

ほんとはもっと一緒にいたいけど、受験生だしワガママは言えない。

寂しさを押し殺して、笑顔で手を振った。

十二月二十五日、クリスマス当日。

少し早めにイチョウ広場に着いたあたしは、時計台の下で遥希の到着を待っていた。

この辺では駅前にある大きなツリーとイルミネーションが、クリスマスのデートスポットになっている。

見事にカップルばっかだなぁ。

みんな幸せそうに笑っていて、はたから見たらあたしもあんなふうに見えるのかな。

えへ、だとしたらうれしいな。

なーんて。

ドキドキソワソワしながら待っていたけど、待ち合わせの時間から五分経っても遥希は来なかった。

いつもなら必ず先に来て待っているのに、今日に限って遅刻？

スマホを見たけど連絡はない。

さらに十分経過して、さすがのあたしも少し心配になった。

連絡もなしに遅れるなんて、マジメできっちりしている遥希らしくないというか。

なにかあったのかな……？

とりあえず連絡してみよう。

そう思ってスマホを取りだした時――。

「……那知っ！」

駆け足でやってくる遥希の姿が見えた。

急いで走ってきたのか、はぁはぁと大きく息を切らし、申し訳なさそうな表情を浮かべる。

「わり、遅れた……っ」

「ううん、大丈夫？」

心なしか顔色が悪いような気がして心配になった。

もしかして、具合いでも悪い？

最近は毎日塾に通っているって言ってたし、疲れてるのかな？

ムリさせちゃった？

「朝から調子悪くてさ。けど、寝たら治ったから、もう大丈夫」

そう言って笑うけど、まだ本調子ではないのかムリをしているように見える。

「ムリしないほうがいいんじゃない？　帰って寝たほうがいいよ」

ここ数日でやつれたというか、痩せたのかな。

なんだか頬がげっそりしているように思えて、ますます心配になった。

「大丈夫大丈夫。最近夜中まで勉強してたから、寝不足なだけだし」

「でも、今ムリしたら」

後々尾を引くんじゃ……？

「だーいじょうぶだって言ってんだろ？　ほら、行くぞ」

「あ、ちょ、遥希」

強引に腕をつかまれひっぱられる。

ほんとに大丈夫なのかな……？

「うわ、キレイだな。見てみろよ」

「わ、ほんとだ」

心配になりながらも、無邪気に笑ってはしゃぐ遥希を見ていたら、だんだん楽しくなってきて。

街路樹にデコレーションされたカラフルなイルミネーションに、テンションが上がった。

「奥のほうにツリーあんじゃん！　行ってみようぜ」

イルミネーションを見にやってきた人たちでひしめく街路樹を歩きながら、クリスマスムードに浸る。

どこかからクリスマスソングまで聴こえてきて、かなりロマンチックな演出にうっとりする。

「大きなツリーだな。すげー」

カラフルな電飾とサンタクロースやプレゼントのオーナメントが飾られたクリスマスツリーは、近くで見ると想像以上に大きかった。

てっぺんには星とリボンが飾られていて、正面から見るととてもゴージャスだ。

「なんかキラキラしてるね」

「だな。疲れが一気に吹っ飛んだ気がする」

「あたしもだよ」

手をつなぎながら、ツリーの周りをゆっくり歩く。

いつもとは違う非現実的な空間にいることで、受験勉強から解放されてとても穏やかな気持ちになれた。

寒さはまったく感じなくて、つながった手がやけに熱い。

こうしてふたりでいると、とても癒されるんだ。

「顔色戻ったみたいだね。もう大丈夫？」

「あー、うん」

「ほんとにムリしないでね？　休養も大切なんだから」

「わかってるって」

遥希は心配するあたしを見て、困ったように笑った。

人一倍がんばり屋で負けずぎらいだって知ってるから、ムリしてるんじゃないかって心配なんだよ。

「そんな顔すんなって。マジでもう大丈夫だからさ」

「ほんと？」

「ああ」

……よかった。

遥希の笑顔に、ホッと胸をなでおろした。

「来年も一緒に来ような」

「え？」

「ここで一緒にクリスマスツリーを見よう」

きらめくイルミネーションに照らされた遥希の横顔を見つめる。

すると、その横顔がフッとゆるんだ。

——ドキッ
「うん、来年も一緒に来ようね。約束だよ」

そう、約束だよ。

来年もその先も、ずっとずっと一緒に来ようね。

精いっぱいの強がり

そう約束したのに――。
ねぇ、行かないで。
どうしてあたしを置いて行っちゃうの？
去っていくその背中を追いかけたいのに、足が動かない。
ねぇ、どこに行くの？
待って！
お願いだから、行かないで。
暗闇の中、必死にもがいて手を伸ばす。
だけどあたしの手は空を切るばかりで、届いてほしい人の背中には届かなかった。

＊　＊　＊

「はぁはぁ」

寝苦しくて、蒸し暑くて目が覚めた。

全身に汗をビッショリかいて、髪の毛が額に張りついている。

夢……？

また、夢を見たの？

どうしてこんなに胸が苦しいんだろう。

遥希のことを思い出せば、思い出すほど、どんどん好きになる。

きみとの思い出はこんなにも優しくて、温かくて――。

でも、とても切なくて……悲しい。

どうしてこんな気持ちになるんだろう。

どうして……。

今のきみは、もうあたしを受け入れてはくれないの？

そんなことを考えると、涙があふれて頬を伝った。

「うっ……っひっく」

なんで……？

どうして……？

なぜか涙が止まらなくて次々と流れ落ちる。

記憶をすべて取り戻したわけじゃないのに、夢の中で遥希とキスした時の感触がやけにリアルに唇に残っていて。

よけいに胸が痛い。

今朝は頭が割れるように痛くて、外へ出る気になれなかった。

ごはんも食べずに部屋で横になっているけど、頭に浮かんでくるのは遥希のことばかり。

会いたい。

もう一度笑顔が見たいよ。

なんで……。

なんであたしのそばにいちゃダメなんて言うの？

夢の中ではクリスマスツリーを一緒に見ようって、約束したじゃん。

それなのに……どうして？

「那知ー、具合い悪いんだって？」

ノックもせずに開かれた部屋のドア。

ヒョイと顔をのぞかせたのは親友のゆずだった。

「うっわ、ひどい顔。目がまっ赤じゃん」

「う〜……っ」

「いったいどうしたの？」

ゆずはベッドの端に腰かけて、心配そうにあたしを見下ろす。

「ゆず……あたしね、遥希のことを思い出したの」

「え……？」

そう言ったとたん、ゆずの身体がこわばった。

「ウソ、でしょ……」

明らかに動揺しているのが伝わってくる。

「ううん、ほんとだよ。遥希のことでなにか知ってる？」

「なにかって……？」

「それはわからないけど。でも、なにか隠してるんでしょ？」

「べつに……隠してることなんてないよ」

うろたえながらゆずは視線を右往左往させて、しまいにはパッとそらした。

「あたしと遥希はつきあってたんだよね？　それなのに、なんで教えてくれなかったの？」

考えてみたらヘンだよね。

病院で目が覚めた時、どうして遥希のことを教えてくれなかったのか。

それに遥希だって、どうしてお見舞いに来てくれなかったんだろう。

あたしがたまたま偶然公園に行ったから再会できたけど、行かなかったら会えないままだったかもしれない。

「ねぇ、ゆず……なにを隠してるの？　あたしと遥希は……」

「……別れたの」

「え……？」

「別れたんだよ。那知と工藤くんは」

「わか、れた……？」

ウソ、でしょ。

ゆずは言いにくそうに言葉を続ける。

あたしは意味を理解するのにいっぱいいっぱいだった。

「今年の三月に……工藤くんが那知をふったの」

「え……？　遥希が……？」

あたしをふった……？

なんで……？

とてもじゃないけど、信じられないよ。

——ズキン。

胸が痛んだ。

「那知はそれ以来、笑えなくなったの。あんなに明るかったのに、人が変わったようにおとなしくなって……いっつも泣きそうな顔をしてた」

ゆずは涙ぐみながら目をこすり、それでも話すのをやめなかった。

あたしに黙っていたことも、きっとツラかったんだろう。

「那知が事故で記憶を失って、工藤くんのことも忘れて……昔みたいに笑ってる姿を見ていたら、ムリにそのことを話して傷つける必要もないかなって思って黙ってたの」

あたしのためを思って……言わなかったの？

「稲葉くんも那知には話すなって。それでまた傷つくくらいなら、忘れたままでいいんじゃないかって……だから」

言えなかった、とゆずは小さな声でつぶやいた。

「あたしと遥希は……なんで別れたの？」

そんなこと、本当は聞きたくない。

知りたくない。

「わからないの。那知は相当落ちこんでて、聞ける雰囲気じゃなかったし……」

「そっか……」

でもこれで納得した。

遥希がお見舞いに来なかったのは、あたしたちが実は別れていたからなんだってこと。

でも、だったらなんで……。

あの場所で再会した時に、お祭りに誘ったの？

手をつないだの？

優しく……してくれたの？

きらいじゃないって、そう言ってたよね？

別れたなんて、ひとことも言ってなかったじゃん。

それなのに……。

わからない。

わからないよ、遥希。
きみがなにを考えているのか。
なにがしたいのか。
ずっと一緒にいてくれるんじゃなかったの？
……どうして？
わけがわからなくて、胸が苦しくて、めまいがする。
考えれば考えるほどこんがらかって、よけいにわからない。
ただひとつだけ言えるのは、遥希はもうあたしを必要としていないということ。

その日の夜も、激しい頭痛に見舞われながら眠りについた。

＊　＊　＊

——ピロリン
『やべ、鼻血が止まんねー(´Д`;)　今なにやってんの？』
『鼻血ー？　チョコレートの食べすぎなんじゃない？(*´∀`*)　今？　ファミレスでゆずとこてっちゃんと勉強してるよー☆』
『食べすぎてはないけど、那知のこと考えすぎてたせいかも!!』

「ぷっ、あはは」

遥希からのメッセージを見て、思わず笑ってしまった。

「また工藤かよ」

向かい側でこてっちゃんがスネたようにボヤく。

「えへ、わかる～？」

「ニヤニヤしやがって。うぜーな」

「あは、ごめんね～！」

「受験生がそんなんでどうすんだよ。マジメに勉強しろっつーの」

夏休みとは打って変わって、真剣モードのこてっちゃん。

「ったく……これだから彼氏のいるやつは」

「まぁまぁ、稲葉くん。那知は今幸せなんだよ」

右隣でゆずが笑った。

「恋愛にうつつを抜かしてると、受かるもんも受からねーぞ」

「なんだか別人みたい。以前はそれがあたしのセリフだったのにね」

ドリンクバーで入れてきたジュースを飲みながら、小休憩。

最近ではこうして三人で勉強することが多くなった。

宮園じゃないけどゆずもレベルの高い高校を狙っていて、偏差値が同じくらいの三人で勉強するととてもはかどる。

わからないところも聞きやすくて、最近じゃこてっちゃんに聞くなんてことも増えたんだ。

「だよねー、稲葉くんって前はサッカーバカって感じだったのに！」

「サッカーバカァ？」

不服そうに眉を寄せるこてっちゃん。

「どうしてそんなに宮園に行きたいかは聞かないけど〜、がんばってね〜！」

ゆずはニヤッと意味深に笑い、からかうような目でこてっちゃんを見た。

まるで、こてっちゃんが宮園に行きたい理由を知っているかのような口ぶり。

「か、関係ねーだろ！　俺のことはどうでもいいんだよ！　さっさと続きやるぞ。那知も、スマホをしまえよ」

なぜだかとばっちりを食らって、あたしは素直にスマホをカバンにしまった。

それから二時間ほど経って、彼氏が迎えに来たと言ってうれしそうにゆずが帰っていった。

参考書とにらめっこをしながら、こむずかしい表情で問題を解き続けるこてっちゃん。

思わず見つめていると、あたしの視線に気づいたのか顔を上げた。

「なんだよ？」

「あ、いや、本気なんだなぁと思って。素直に見直してただけ」

「くだらないこと言ってないで、さっさとやれば？」

あれ？

なんだか冷たくないですか？

「はいはーい、やるよーだ」

「マジメにやれよ、マジメに」

「わ、わかってるよ」

いつもお調子者でふざけてる姿しか見てこなかったから、なんだか少し面食らってしまう。

しっかり受験生してるんだなぁ。

「工藤とは順調なのかよ？」

チラッと視線を向けてそれでも手を止めないこてっちゃんは、いつからこんなに器用になったんだろう。

「マジメに勉強してくださーい」

「ちっ」

「舌打ちしないの」

マジメにしろって言ったくせに、話しかけられたら集中できないじゃん。

「もし……工藤に泣かされたら、俺に言えよ」

「え？」

驚いて顔を上げると、冗談なんかじゃなく真剣な瞳でこっちを見つめるこてっちゃんと目が合った。

なぜだか切なげにゆがむ表情。

いつもみたいに冗談っぽく笑ってくれたら、あたしだって軽く返せるのに。

「ありがと。大丈夫だよ」

こてっちゃんの視線を振りきって、シャーペンを握りノートに向かう。

なぜだかわからないけど、切なげな表情に胸が痛かった。


年明け、三学期が始まって三週間ほど経った時。

すれ違いはきっと、この頃からだった。

『ごめん(;_;)/~~~、しばらくはお互い勉強に専念しよう。受験が終わったら、また会おうな』

夜、お風呂から上がるとメッセージが届いていた。

『わかった。・゜・(ノД`)・゜・。ムリせずお互いがんばろうね!』

最近はあたしも追いこみが足りてなくて、実は少し焦っていた。

受験まであと一カ月。

ほんとはすごく寂しいけど、がんばっている遥希にワガママは言えない。

この一カ月であたしも最後の追いこみをかけなきゃ。

絶対に同じ高校に通いたいから、会えなくても寂しいなんて言っちゃダメ。

俄然《がぜん》やる気が出たあたしは、毎日夜遅くまで勉強に励んだ。

その結果、受験前の最後の模試ではなんとかA判定をもらうことができた。

『聞いて(´▽`)ノ　やっとA判定もらえたよ！』

『すげーじゃん！　やったな！』

『ありがとう☆・。:*(人´ω`*)　うれしい。遥希はどうだった？』

『いつもと一緒かな』

いつもと一緒。

そんなふうにメッセージが返ってきていたから、なにも疑わなかった。

疑いようもなかった。


三月上旬、今日は中学校の卒業式。

受験地獄を脱し、なんとか今日の日を迎えることができた。

合否はまだ出ていないけど、精いっぱいやったから悔いはない。

そう……悔いは、ない。

「那知～、写真撮ろう！」

卒業式が終わって、最後のホームルームも終わり、解散となった教室内。

いつもならすぐに帰っていく人も、最後だからなのか名残り惜しそうにみんなとしゃべっている。

「早く早く〜！」

デジカメを構えたゆずが、あたしを手招きする。

立ちあがって数人の女子の輪に交ざり、一緒に写真を撮った。

今日が最後。

この先同じメンバーで授業を受けることはないんだ。

そう考えるとまた涙があふれて、式でもたくさん泣いたのに止まらなくなった。

「相変わらず泣き虫だよな、那知は」

クックッと苦笑するこてっちゃん。

「だ、だって……」

寂しいんだもん。

こてっちゃんはあたしの頭に向かって伸ばしかけた手を、途中でピタッと止めた。

「アイツに文句言われてもイヤだし。俺も……そろそろこの状況から卒業しねーとな」

なんて眉を下げながら切なげな声で、わけのわからないことを言う。

「じゃあな、また高校で会えるのを楽しみにしてる」

あたしの耳もとでそうささやくと、こてっちゃんはタナッシーのもとへ行ってしまった。

よくわからなかったけど、クラスの子たちと写真を撮ってるうちに、いつの間にかこてっちゃんの姿は消えていた。

ま、いっか。

また高校でなんて言ってたけど、どうせ春休み中に家に来るだろうし。

学校を出たところでスカートのポケットに忍ばせたスマホを確認したけど、そこには遥希からの着信やメッセージは届いていなかった。

「はぁ」

いったい、どうしちゃったんだろう。

受験が終わったら会おうって約束したのに、いまだにその約束は果たされていない。

何度かメッセージを送ったけど読んでくれていないのか、未読のままになっている。

電話をしても出ないし、かけ直してくれることもない。

遥希とそんな状態が一カ月も続いていた。


『今日は卒業式だったよ☆*:.｡. o(≧▽≦)o .｡.:*☆。遥希の学校は終わったかな？　会いたいよ……。』

夜、ベッドの中でそんなメッセージを送った。

だけど次の日になっても、その次の日になっても返信がくることはなかった。

『どうしたの？　なにかあった？　心配だから、返事ください。』

そんなふうに送って三日が経った頃、遥希からメッセージが届いた。

『明日の朝十時に公園で待ってる』

いつもなら顔文字や絵文字をつけてくれるのに、文章だけの短いメッセージ。

どことなくよそよそしい業務連絡だけのような文字が並んでいる。
待ち望んでいたメッセージだっただけに、イヤな予感しかしなくて。
なにを言われるんだろう。
どうしちゃったんだろう。
あたし、なにかしたかなぁ？
もうきらわれちゃった？
目に見えない不安に、心が押し潰されそうだった。
その夜はなかなか寝つけなくて、寝不足のまま待ち合わせの時間を迎えた。
トボトボ歩いてひまわりの花壇に向かったけど、遥希はまだ来ていないみたい。
なんとなくソワソワして落ち着かない。
いつもならここに来ると落ち着くのに、こんな気持ちになるのは初めてだ。
ベンチに座ってあたりを見回す。
遥希の気配はどこにもなくて、早く来てほしいような、まだ来てほしくないような。
ずっと会いたかったのに、複雑な感情に包まれた。
「那知」
急に目の前に現れた影と懐かしい声に、ビクッと肩が震えた。
足音に気づかないほど、ボーッとしちゃっていたらしい。
「あ、えっと……久しぶり」

「うん」

長い間会っていなかったせいか、なんだか緊張する。

だけどそれ以上に、遥希の態度がどことなくよそよそしい気がして。

さらに不安になった。

「隣、座っていい？」

「あ、うん」

少し離れた場所に座ったのを見て、ズキッと胸が痛む。

いつもならくっついて座るのに、やっぱり様子がおかしい。

久しぶりに会ったから緊張しているだけなのかな。

よく……わからない。

「ずっと連絡しなくてごめん」

淡々とした声があたりに響いた。

抑揚のないその声からは感情が読み取れなくて、なにを考えているのかさっぱりわからない。

不安は消えなくて、拳を握りしめながら次の言葉を待った。

「今日は話があって呼びだしたんだ」

「話……？」

——ドクドク。

鼓動がイヤな音を立てる。

悪い予感しかしないのは、ここに来てから遥希が一度もあたしと目を合わせてくれないからだ。

にこりともせずに、淡々としている。

「話って……なに？」

「うん、あのさ——」

もう顔なんて見れなかった。

握りしめた自分の拳を見つめて、不安を抑えるのに精いっぱい。

「ごめん、別れよう」

「え……」

わか、れる……？

待って……。

意味が、わからない。

「なん、で……？　あたし、なにかした……？」

いきなりそんなことを言われて、はいそうですかって簡単に納得できない。

「きらいになったから」

「え……」

「もう好きじゃないんだ、那知のこと」

冷たい声が胸につき刺さった。

ズキズキと激しい音を立てて痛む。

今まで優しかった遥希が、あたしのことを一番に考えてくれていた遥希が――。

もう好きじゃない……？

ウソ、でしょ？

なんで？

「納得……できないよ。イヤだよ……別れるなんて」

「ごめん」

「なんで……？　急にそんなこと……っ。あたし、宮園に受かったんだよ？　遥希と一緒に高校に通えるのを楽しみにしてたんだよ……？」

あたしの気持ちは変わらず、遥希のことが好きだからあきらめたくなかった。

手離したくなかった。

なんとしてでも引き止めたかった。

だからお願い、もう一度考え直してよ。

なんで急にそんなこと言うの？

「ごめん。なにを言われても、那知とはムリだから」

「……っ」

ずるいよ、ここで目を合わせるなんて。

そんなにまっすぐな目で見ないで。

遥希の意思は固いんだって思わざるをえないじゃん……。

目を合わせているのがツラくて、下を向いた。

「マジでごめん。別れて」

「……っ」

真剣なきみの顔を見ていたら、引き止めることなんてできなかった。

イヤだ。

イヤだよ。

ジワっと涙が浮かんで、顔を見られたくなくて下を向く。

「わかった……」

泣くのをこらえて、震える声で精いっぱいの強がり。

「ごめんな。そういうことだから、じゃあ」

ほんとはイヤだよ。

行かないで。

ずっとそばにいて。

好きなんだよ。

言えなかった言葉をグッとのみこみ、消えていく背中を見送った。

混乱して頭の中がぐちゃぐちゃで、なにも考えられない。

いつの間にか涙が頬を伝っていた。胸がはりさけそうなほど痛かった。
ほんとは追いかけたかった。
別れたくなかった。
だけど、追いかけることができなかった。
拒絶されるのがこわかったんだ。

＊　＊　＊

From * 4

きみの背中

目が覚めると見覚えのある自分の部屋にいた。

心臓がやけにバクバクして、額にはビッショリ汗をかいている。

「はぁ……夢、か」

ズキンズキンと痛む頭。

思わずこめかみを押さえて布団にうずくまった。

胸がギュッと締めつけられて、ナイフでつき刺されたかのように痛い。

『もう好きじゃない』

夢の中の遥希の声が、やけにリアルに頭に焼きついて離れない。

夢なんだけれど、夢であればいい。

実際に起こったことじゃなかったらいいのに……。

ノロノロと起きあがって部屋の中を見渡す。

この部屋にもだいぶ慣れてきたけど、まだまだわからないことだらけで、なにひとつしっくりこない。

遥希にふられたことだって、あたしの中ではまだしっくりきていない。

いったいどうして、いきなり別れを切りだされたんだろう。

『もう好きじゃない』

そうだとしたら、もうなにも言い返せないけれど……。

「はぁ……」

頭が重くてなにもする気になれない。

さらにはクラクラとめまいがして、ギュッと目を閉じた。

夢の中の出来事が鮮明によみがえってツラい。

苦しい……。

ずっと、隣にいたかった。

ずっと一緒にいようって言ったじゃん。

それなのに……。

思い出すと涙があふれて、胸が痛くなった。

記憶を失う前のあたしも、こんなふうに苦しんでいたのかな。

かなり落ちこんでたって、ゆずが言ってたっけ。

遥希がいなきゃなにもする気になれなくて、悲しくて、泣きそうになる。

夏祭りの日に遥希にもらったヨーヨーは少ししぼんでしまったけど、いまだに大事に机の上に置いて取ってある。

記憶を失ってから初めて遥希がくれた、忘れられない思い出の品だから。

けれど今は、楽しかった思い出がかえってツラい。

どうすれば忘れられるんだろう。

ううん、忘れたくなんかない。

ふられても、どれだけひどいことを言われても、それでもあたしは――。

きみが好きだから。

そう思い立ったらいてても立ってもいられなくなって、重い体をなんとか動かし身支度を整えた。

鏡に映るなんとも言えないほど悲壮《ひそう》な顔をした自分。

ダメだよね、こんなんじゃ。

気合いを入れる意をこめて、両手で頬をパンパンと叩く。

「よしっ」

がんばろう。

気合いを入れて家を出たのはいいものの、今日は気温がものすごく高くて三十九度もあるらしい。暑くて少し歩いただけで汗が出た。

いつものように公園に向かうけど、その足取りは重い。

遥希に会いたいのか会いたくないのか、自分でもよくわからない……。

でも足がそこに向いてしまうということは、そういうことなんだと思う。

こめかみを伝う汗を手でぬぐいながら、気持ちを落ち着かせようと深く息を吸う。

そしてゆっくり吐きだすと、少しだけ楽になったような気がした。

公園に着くとひまわりはキレイに咲いていて、夢の中の殺風景な花壇とは見違えるほどだった。

遥希とあたし、ふたりにとってひまわりは欠かせない存在で、どんな時もそばで見守ってくれていたよね。

あたしたちにとって、思い出がたくさんつまった特別な花。

だから、ひまわりを見ると遥希の笑顔が浮かんでくる。

一年前の夏、あたしたちは出会って恋に落ちた。

そして今年も――。

ひまわりが咲き誇るなか、またきみに恋をしてしまった。

この気持ちは簡単には消せない。

だからお願い。

もう一度だけ、きみに会いたい。

火照った体をクールダウンさせたくて、ベンチに座ってタオルで汗をふいた。

あたりをキョロキョロしながら様子をうかがうけど、当然ながら遥希の姿はない。

って……当たり前、だよね。

この前あんなことがあったばっかりなのに、またここに来るなんてことは考えにくい。

避けられて当然のはずなんだから。

来るわけ……ない、か。

どれくらい経ったのかはわからなかったけど、暑さのピークが過ぎて太陽もかたむき始め、少しだけ涼しい風が吹き始めていた。

これから夜になるにつれて、もう少し涼しくなっていくのかな。

これ以上ここにいても無意味だよね。

そう思って、立ちあがった。

そして踵を返して歩きだす。

だけどその時、偶然にも見つけてしまった。

遠くからじっとこっちを見つめる、きみの姿を。

「はる、き……」

目が合って、動きがピタリと止まる。

待って……。

どうしよう。

会いたかったはずなのに、いざそれが叶ったらどうすればいいのかわからない。

身動きひとつできずに、しばらく無言で見つめあっていた。

遥希はしばらく無表情だったけど、瞳は切なげに揺れていた。

キツく握りしめた拳と、キュッと結んだ唇。

そして、苦しげにゆがんでいく表情。
耐えきれなくなったのか、急ぎ足でこの場を立ち去ろうとした。
「ま、待って……！」
あたしはとっさに遥希のあとを追いかけた。
待ってよ。
なんで逃げるの？
遥希の背中は夢で見た時よりも細くて、小さくて。でも温かそうで以前のままだ。
キレイな黒いサラサラの髪の毛が風になびいて、揺れている。
「遥希……！　待ってよ」
距離があるから、走ってもなかなか追いつかなくてもどかしい。
追いつきたいのに、追いつけない。
手を伸ばしても届かなくて、虚しく空を切るだけ。
待って……。
待ってよ……！
お願いだからっ！
どれだけ足を動かしても届かなくて、だんだん息が切れてきた。
心臓がバクバクいってる。
「遥希……！　はぁはぁ」

直線に進んだあと角を曲がり、見えなくなった背中。

なん、で……。

どうして止まってくれないの？

「はぁはぁ……」

もう、ダメ。

暑さのせいもあって体力が消耗されてしまい、スピードが落ちてきた。

それと同時にじんわり涙が浮かんで、目の前がボヤける。

もうこの手は遥希には届かないの……？

涙がこぼれ落ちそうになった瞬間――。

「わっ」

角を曲がったところで、誰かの背中に思いっきりぶつかった。

「いてっ」

相手も同じように声をあげ前によろける。

あたしはなんとか踏みとどまり、転ばずにすんだ。

「ご、ごめんなさいっ。急いでて……！」

目の前の人にとっさに頭を下げる。

「ったく、ちゃんと前見ろよな……って、那知かよ！」

あきれたような顔で振り返ったのは、私服姿のこてっちゃんだった。

こてっちゃんはあたしを見るなり、驚いたように目を白黒させた。

「なにしてんだよ、こんなところで」

「なにって言われても……」

あたりの様子をうかがってみても、遥希の姿はない。

たしかにさっきここを通ったから、こてっちゃんなら知ってるかも。

でも今まで隠してたのに、教えてくれるかな？

「ね、ねぇ、遥希を見なかった？」

「は？　なんだよ、いきなり」

「こてっちゃんも知ってるでしょ？　工藤遥希だよ。さっきこの角を曲がってってたんだけど、見失っちゃったの」

思わずこてっちゃんの肩をつかんでつめ寄る。

「な、なに言ってんだよ……」

「隠さなくていいよ。あたし、遥希のことを思い出したから。別れたってことも知ってる。でも――」

でもね、好きなんだ。

まだ忘れられないの。

こんなにも好きだって心が叫んでる。

「思い出したって……なにを？」

低く冷静なその声はとても真剣で。

こてっちゃんは眉を寄せながら、戸惑うように聞いてきた。

「退院してから久しぶりにここで会って、一緒にひまわりを見て……夏祭りにも行った。夢で見たのは全部本当のことだって遥希が教えてくれたの」

「は……？　なに、言ってんだよ……」

小さくかすれる声は、信じられないとでも言いたげだ。

「そりゃあたしだって、夢の中の話が現実だったなんて、最初は信じられなかったよ？　でも――」

「一緒にひまわりを見た……？　夏祭りに行った……？　それ……本気で言ってんのかよ？」

「え？」

今度は逆にこてっちゃんに肩をつかまれた。

まっすぐで真剣な瞳が、かすかに揺れている。

「ほんとだよ……？　黄色いヨーヨーを取ってくれたもん。今だって、公園で遥希と目が合ったからこうして追いかけてるのに」

「……っ」

こてっちゃんはさらにわけがわからないという表情を浮かべた。

肩をつかむ腕の力が強すぎて痛い。

なに……？

なんなの？

「そんなわけ、ないだろ……？　だって、アイツは……工藤は――」

さっきとは比べものにならないほどの震える声を聞いて、とてつもない不安が押し寄せた。

聞きたくない。

逃げだしたい。

だけど、体が動かない。

「もう、この世にいねーんだから……！」

――ドクン。

もう、この世にいない？

わけが……わからない。

なにを、言ってるの？

「アイツは……もうこの世にいないんだ」

苦しそうな表情で、こてっちゃんはもう一度言った。

そう思うのに、胸がはりさけそうなほどドクンドクンと脈打っている。

そんなわけ、ないでしょ……？

「なに、言ってるの……？　やめてよ、そんな冗談……いくらこてっちゃんでも、許さない」

「冗談なんかじゃねーよ」

「ウソ……っ」

だって、そんなはずないでしょ？

ありえないよ。

遥希がもうこの世にいないなんて。

そんなこと言われたって信じられるわけないでしょ。

「ヘンなこと、言わないでよ……！」

「今まで……黙っててごめん。受け入れられないかもしれないけど、本当のことなんだよ」

うつむきながら小さくつぶやいたこてっちゃんの声は、ヒートアップするあたしとは真逆で冷静だった。

だからこそ冗談だなんて思えなくて、胸が苦しい。

でも、どうしても信じられない。

信じたくない。

だっておかしいでしょ？

もうこの世にいないなら、あたしが会った遥希は誰なの？

一緒に夏祭りに行ったりできるはずないんだからっ！

「工藤は……那知が事故に遭った次の日に亡くなったんだ」

「ウソっ……！　なんでそんなにひどいことが言えるの！」

そんなウソをついて、どうしたいの？

にらみつけるようにこてっちゃんの顔を見上げる。

切なげにゆがんだ表情のこてっちゃんは、憐《あわ》れみを含んだ同情のまなざしであたしを見つめていた。

やめて、そんな目で見ないで。

なんで……そんなに泣きそうな顔をしてるの？

「那知……」

やめて。

これ以上聞きたくない。

「バカ！　遥希は生きてるんだから！」

こてっちゃんの腕から逃れて、その場から走り去った。

ドクンドクンと心拍数は上がる一方で、胸がざわざわする。

胸の奥がやけに痛い。

でも気づかないフリをした。

遥希は生きてる。

生きてるんだから！

「那知、小鉄くんが来てるわよ」

「会いたくないって伝えて」

「まだ具合い悪いの？」

「……うん」

「わかったわ、伝えておくわね」

部屋のドア越しに聞こえたママの声を遮るように、頭からタオルケットをスッポリかぶって目を閉じる。

あれから二日が経ったけど、なにもする気になれなくて部屋に引きこもっていた。

夕方だというのにセミの鳴き声がうるさくて、落ち着かない。

遥希に会いたいのに、公園に行こうという気が起きない。

あの日見た遥希の背中が頭から離れなくて、目を閉じるとまっ先に浮かんでくる。

遥希がもうこの世にいないなんて、そんなことあるはずないよね。

信じない。

信じるわけないじゃん。

こてっちゃんの……バカ。

なにも考えたくなくて、小さく頭を振った。

こんな時は眠ってしまおう。

そしたらなにも考えなくてすむ。

ここ二日はあまり眠れなかったこともあって、目を閉じるとすぐに睡魔がやってきた。

忘れられない恋

＊＊＊

高校一年生、五月。

「It's unforgettable は『忘れられない』という意味です」

黒板に書きだされた英文をノートに書き留める。

先生の声は聞き取りやすくて、授業もわかりやすかった。

「じゃあ unforgettable love で、忘れられない恋っていう意味ですかー？」

「ええ、そうですね」

先生とクラスメイトの何気ないやり取りを聞きつつ、窓の外を見つめる。

忘れられない恋……か。

念願だった宮園高校に通っているというのに、気分は浮かなくて。

あの日からうまく笑えなくなってしまった。

宮園高校に来れば遥希に会えると思っていたのに、遥希の姿はどこにもなくて。

新入生全員が載った名簿にも、遥希の名前は見当たらなかった。

同じ高校に入学するのが苦痛なほど、あたしがイヤだったの？

そんなふうに考えては落ちこむ一方で、楽しみだった高校生活はすっかり色を失ってしまっていた。

「那知、一緒に弁当食う？」

「あー、ごめん。せっかくだけど、ほかのクラスの子と約束してて……。それに先生にも呼ばれてるし」

「なに？　雑用？　だったら俺も」

「大丈夫だよ、たいしたことないと思うし」

立ちあがろうとしたこてっちゃんを制して、ランチバッグを手にそそくさと教室を出る。

中学の時とは比べものにならないほどの広い校舎。

入学したての頃は迷ったりもしたけど、一カ月も経つと次第に慣れてきた。

だけど——。

遥希と別れてぽっかり空いた心の穴は、いまだにふさがってくれない。

あの日からずっと忘れられなくて、別れた今でも未練がましくきみを想ってる。

ズタズタに傷ついてたくさん泣いたけど、なんでだろう。

どうしても忘れられないんだ。

あきらめられないんだ。

きみを想うと、まだこんなにも胸が締めつけられてはりさけそうになる。

だけど、どうにもならない現実にあらがえない日々。

ブレザーのポケットからスマホをだしてパスコードを打ち込む。

「ははっ……」

パスコードがいまだに遥希とつきあい始めた日にちだなんて……。

どれだけ未練がましいの、あたし。

不意に涙があふれて、あわてて下を向いてそれをぬぐった。

どれだけ好きでも、もうどうにもできない。

忘れられないこの想いを……この恋を……どうすれば忘れられる？

ケリがつく？

スマホを見ても、誰からも連絡はなかった。

別れてすぐの頃は、もしかしたら遥希から連絡がくるかもしれないって思ったりもしたけど。

今はもうこないことが当たり前で、いちいち落ちこむこともなくなった。

時間は確実に進んでいるのに、遥希に対する気持ちだけはどうにもならない。

「はぁ」

やだやだ、こんな自分。

落ちこんでばかりで、こてっちゃんやゆずに心配ばかりさせてしまっている。

ほかのクラスの子とお昼の約束をしてるなんてウソ。

クラスに馴染めずいまだに仲良しの子がいないあたしを、こてっちゃんはとても心配してくれている。

だから時々お昼に誘われるけど、ひとりになりたくていつも言いわけをしてこっそり屋上に来てるんだ。

日なたに座って壁にもたれ、お弁当を開くこともなくぼんやりする。

いい天気だなぁ……。

今頃、遥希はどこでなにをしてるんだろう。

「ったく、こんなところにいたのかよ」

えっ……？

目の前に影が落ちたかと思うと、あきれたような声が降ってきた。

顔を上げると、そこにはやれやれといった表情を浮かべるこてっちゃんがいた。

「な、なんで？　どうしてここに……？」

「なんでじゃねーよ。ほかのクラスに友達なんかいないくせに」

「うっ」

バレてたんだ？

「何年一緒にいると思ってんだよ」

「あは……だよ、ね。今の自分、ほんと情けないって思う」

もっと強いと思っていたのに、こんなにも弱かったなんて予想外だ。

スカートの上に置いた手をギュッと握って、軽くうつむく。

「工藤のことまだ気になるのか？」

そう問うこてっちゃんの声はとても切なげで、心配してくれていることがひしひしと伝わってきた。

「同じクラスの桜尾中だったやつに、工藤のことを聞いたんだ」

「え？」

思わず顔を上げた。

そして、食い入るようにこてっちゃんを見つめる。

「やっぱ気になるんだ？　アイツのこと」

そう言われて、なにも言い返せない。

「まだ……好きなんだな」

沈黙を肯定ととらえたのか、こてっちゃんは寂しそうに瞳をふせた。

「好き、だよ。簡単に忘れられないほど……」

だからこんなに苦しいんだよ。

悩んでるんだよ。

「同中だったやつに聞いても、なにもわからなかったんだ」

「なにもわからなかった……？」

「ああ。宮園を受験したのはたしからしいけど、そのあとから学校に来なくなったって。

卒業式にも参加してないっつってたし」

「そう、なんだ……」

いったい、どうして？

「桜尾中の元サッカー部のやつに、もっと詳しいこと聞いてみるから」

「いいよ……もう。いい加減あきらめなきゃいけないし」

好きじゃないって言われちゃったし、いざとなると遥希のことを知るのがこわかった。

「よくねーだろ。今のままだとよけいに苦しくなるだけなんじゃねーの？　工藤に会って、もう一回ちゃんとぶつかってみろよ」

「でも……」

こわい。

また拒絶されたら……？

ごめんってあやまられたら、絶対にもう立ち直れない。

「今の那知は見てらんねーんだよ。俺が好きだった元気で明るいおまえは、どこに行ったんだよ？」

いつになく真剣な瞳。

しばらく見つめあったあと、わざとらしく目をそらして、こてっちゃんはうつむいた。

「もう一回ちゃんとアイツと向きあえよ。で、もしダメだった時は……」

髪をいじりながら顔を上げたこてっちゃんと、再び視線が絡んだ。

熱っぽい視線に、なぜかドキッと鼓動が鳴る。

「俺のところに来い。そしたらなぐさめてやるから。言っとくけど、幼なじみとしてって意味じゃねーからな」

「え？　どういう……こと？」

「まぁ、今はわからなくていいし。那知がもう一回ちゃんとぶつかったら、俺も覚悟を決めるから」

結局なにが言いたいのかよくわからなかったけど、励ましてくれているんだってことはわかった。

こんな時でも優しい幼なじみ。

ありがとう……こてっちゃん。

だけど当然ながら、もう一度ぶつかることなんかできなくて。

ただなんとなく日々は過ぎていった。


――ピカッ。

――ゴロゴロゴロゴロ。

梅雨が明けて、夏休みを目前に控えたある日の放課後。

昇降口で履き替えていると、空に一瞬稲光が走った。

うなるような轟音まで聞こえてヒヤリとする。

灰色の分厚い雲に覆われあたりはまっ暗。

梅雨は明けたというのに、ひと雨きそうだな。

カバンの中に折り畳み傘が入っていることを確認して、足早に学校を出た。

——ポツポツ。

「わ、降ってきた」

カバンから傘を取りだそうとした瞬間——。

「ねぇ」

校門の前で誰かに声をかけられた。

弾かれたように顔を上げたあたしの目に映ったのは、お嬢様校として知られる桜華高校の制服を着た女の子。

「ミズ、ホさん？」

「久しぶりだね」

「あ……うん」

一年前はベリーショートだった髪の毛が肩まで伸びて、大人っぽくなった彼女。

サッカー部のマネージャーをしていた時よりもずいぶんオシャレな雰囲気だ。

全身グレーのワンピースタイプの清楚な制服が、よく似合ってる。

ミズホさんがあたしに会いにくる理由なんて、そんなのひとつしかないよね。

遥希のことだ。

動揺する心を落ち着かせてくれるかのように、冷たい雨粒が肌を濡らしていく。

「あたし……急いでるから」

下を向き、逃げるように立ち去ろうとした。

「あなたの幼なじみが毎日あたしに会いにくるの」

え……？

「工藤のことでなにか知らないかって、毎日毎日。ほんとうんざりしてるんだけど、しつこくて」

こてっちゃんが……？

「那知が……あなたが苦しんでるから、教えてほしいんだって」

思わず足が止まっていた。

まさか、こてっちゃんがそこまでしてくれていたなんて……。

なんで？

どうして、あたしなんかのために。

「桜尾市の大学病院の三〇五号室に来て。そしたら全部わかると思う」

「え……？」

どういう、こと……？

「中に入ってもいいし、入らなくてもいいから。じゃあね」

「ま、待って……！　どういうこと？」

振り返り、この場から去ろうとしたミズホさんの腕をつかむ。

彼女の目をまっすぐに見つめると、バツが悪そうに下を向いた。

「あなたにしたこと、ずっと悪いと思ってた。でも……素直にあやまれなくて。悔しいしほんとはイヤだけど、あなたが苦しんでるって聞いて……今日は来たの。病院に来れば全部わかると思うから、知りたいなら逃げないで」

大学病院ってなに……？

そこに行けば全部わかる……？

どういう、こと？

ドクドクと鼓動が激しさを増していく。

わけがわからなくて頭が混乱してきた。

悪い予感しかしないのはなんでだろう。

全身がヒヤリと冷たい。

「お願いだから……逃げないで。あたしが言えるのはそれだけだよ。じゃあね」

震える声でそう言うと、ミズホさんは歩いていってしまった。

涙声に聞こえたのはあたしの気のせいかな。

気のせいであってほしいよ……。

だって……。

スカートを手でギュッと握って歯を食いしばる。

雨が本降りになっていたことにも気づかないほど、ただぼんやりとそこに立ちつくしていた。


「稲葉くん、おはよう」

「うぃーっす」

「昨日も部活サボったでしょ？　部長が怒ってたよ～！」

「うーん、最近ダルくてさ」

「明日から夏休みなんだから、ちゃんと参加しなきゃダメだよー！　合宿だってあるんだからね～！」

「気が向いたらな」

机に頬づえをつきながら、ははっと苦笑いするこてっちゃんに目を向ける。

すると、向こうもこっちに気づいて思いっきり目が合った。

「よっ！」

「あ……おはよ」

「なんだよ、相変わらずテンション低いな」

小さく笑いながらいつものようにふるまうこてっちゃん。

そんなこてっちゃんが毎日ミズホさんのところに通っていたなんて、言われるまで気づかなかった。

こてっちゃんのおかげで、ミズホさんがあたしに会いにきてくれた。
そして、教えてくれたこと。
あたしは、どうすればいい？
あの日からずっと考えているけど、答えなんて出ない。
不安は募る一方で、だけどどうにもできなくて。
『逃げないで』
そう言われたけど、向きあうのがこわい。
遥希のことが好きなのに……。
知りたいのに知りたくなくて、病院に行く勇気が出ない。
こんなんじゃダメだってわかってるのに、こわいんだ。
「はぁ……」
最近ではずっとため息ばかり。
こんなんじゃ、ダメだよね。
いつまで経っても変われないままでいいの？
ずっとこのままでいいの？
ダメだよね。
もう一度、もう一度だけ……ちゃんとぶつかってみよう。
遥希のことが気になるから、こわいけどちゃんと向きあってみる。

逃げたくない。

「こてっちゃん……あたし、ちょっと行ってくるね」

「なんだよ、いきなり」

「先生にうまいこと言っといて！」

「は？　おい、那知――」

あたしは教室を飛びだした。

廊下を猛ダッシュで駆け抜けて、階段を下りて昇降口へ向かう。

「はぁはぁ……」

ローファーに履き替えて外へ出ると、どこからか今年初めてのセミの鳴き声が聞こえた。

夏は遥希と出会った季節。

暑いのはきらいだけど、去年から少しだけ好きになった。

遥希に出会ったからだよ？

今年も一緒にひまわりを見ようって、夏祭りに行こうって約束したじゃん。

一緒に過ごした時間も、交わした約束も、色褪せることなく心の中に残ってる。

独占欲が強いところやスネた顔、優しい手の温もり、胸を焦がすような笑顔、熱い唇の感触。

目を閉じると遥希のすべてが浮かんでくる。

初めて本気で好きになった人。

初めてあたしに恋を教えてくれた人。

忘れられない。

忘れられるわけないよ。

あたしは今でも――。

きみが大好きなんだよ。


学校から大学病院まではバスに乗ればすぐに着く。

だけど教室にカバンを置いてきてしまったので、財布や定期はおろか、スマホさえ持っていなかった。

取りに戻るという頭もなくて、あたしは無我夢中でひたすら走った。

「はぁはぁ」

く、苦しい。

暑い。

足が痛い……。

けれど、止まることなんてできない。

早く早く――遥希のもとへ。

早く会いたい。

ちゃんとぶつかりたい。

流れてくる汗をぬぐいながら、全力疾走した。

宮園高校はあたしが住む町よりも都会で、車道も二車線あり車通りが多い。

だけどちゃんとしたガードレール付きの歩道があるから安心して歩けるし、ほとんど事故はなかった。

息を切らしながら走っていると、交差点に出た。

ここから一車線に変わり、歩道はなくなる。

街並みもガラリと変わって車の数もぐんと減る。

ガードレールのない白線で示された狭い歩道を走った。

普段こんなところを自転車や徒歩で通る人はめったにいない。

もちろんあたしだってそのうちのひとりだ。

だけど今日は違った。

夢中だったこともあって、少しでも早く病院にたどり着きたくて、そのことしか考えていなかった。

だから、うしろから迫ってくるトラックの音にも気づかなくて。

ましてや、そのトラックが左右に揺れて異常な走り方をしていることにも気づけなかった。

――キキィ。

すぐうしろで聞こえた大きなブレーキ音。

――ドンッ。

振り返って確認する間もなく、全身を襲った激しい衝撃。
体が宙に投げだされ、反転する視界の端に大きなトラックが映った。
目の前に迫るアスファルトを見て、轢《ひ》かれたんだということがわかった。
アスファルトに叩きつけられる瞬間、とっさに目を閉じた。
——ドサッ。
あまりの激痛と衝撃に意識が朦朧《もうろう》とする。
手にふれる生温かい感触はなに？
ドクドクと全身から血の気が引いていく感覚がした。
ああ、あたし……。
このまま死ぬのかな。
せっかく……せっかく遥希に会えると思ったのに。
もう一度……もう一度でいいから、遥希の笑顔が見たかった。
ちゃんと話したかった。
好きだよって……伝えたかった。
それなのに……もう、遅かったのかな。
忘れられない恋……だったのにな。
薄れていく意識の中、遥希の笑顔が鮮明に頭の中に映しだされた。

＊＊＊

きみの声が聞こえる～遥希side～

『白血病』。

それは鼻血が止まらなかったり、微熱が引かなかったり、全身のだるさを感じて病院を受診した俺にくだされた診断名。

週末に受験を控えて意気込んでいた俺は、一気に地獄に突きおとされた気分だった。

治療をしても完治は難しいらしく、医師から厳しい状態だと告げられた。

なんで俺なんだよ……。

そんなことを思いながら、わずかな希望を捨てずに治療を始めたけど……。

たぶん、もう俺は助からない。

——ピッピッピッピッ。

病院のベッドの上、もう何日くらい聞こえ続けているかわからない電子音。

目を開けたいのにできなくて、まるで脳がそれを拒否しているかのようだ。

現実世界とは切り離された意識の中に存在しているような感覚。

少しでも気を抜くと、意識が全部もっていかれそうになる。

自分が自分じゃいられなくなるような気がして、こわい。

「遥希……目を、覚まして……お願いよ」

母さんの涙声が耳もとで聞こえた。

でも、ごめん。もうムリだ。

病気だとわかった日から、日に日に弱っていく自分の体のことを一番よく知ってるのはこの俺で。

自分が長くないってことは、前からうすうす感じていた。

どれだけ治療をがんばって前向きに生きても、どうにもならないこともある。

どうにもできないことがある。

もし、もしも最後にひとつだけ願いが叶うなら——。

もう一度だけ那知に会いたい。

声が聞きたい。

手をつなぎたい。

一緒に夏祭りに行きたい。

抱きしめ……たい。

未練がましいよな、俺。好きじゃないって自分からふったくせに、今さらそんなことを願うなんて。

いまだに那知のことをこんなにも想ってるなんて。

だけどこれが俺の最後のワガママ。ほかにはもう、思い残すことなんてなにもない。

安心して天国へ行ける気がする。

俺が死んだって知ったら、那知はどんな顔をするんだろう。

アイツのことだ、きっと泣くに決まってる。

それとも、俺のことなんて忘れて高校で楽しくやってるのか？

そうだとしたら、ちょっと悔しい。でも那知が幸せでいてくれたら、たぶん俺は安心できる。

だから頼む、もう一度那知に会いたい。

次第に意識が遠のいていく感覚がした。

なにも考えられなくて、ただまばゆい光があたりを照らして目がくらむ。

次の瞬間、目の前がまっ暗になった。

肉体から魂が離れていくような、今までに感じたことのない感覚に見舞われる。

那知……俺は、もう。

最後にもう一度、一緒にひまわりが見たかった。

那知の笑顔が見たかった。

『遥希！』

どこかから、懐かしくて愛しい――。

大好きな人の声が聞こえた気がした。

それからどうなったのかは、自分でもよくわからない。

気がつくと公園のひまわりの花壇の前にいた。

あたりにはセミがうるさく鳴いていて、サッカーのグラウンドが目の前に広がっている。

俺は……死んだはずじゃ？

あの時、たしかにそんな気がしたけど、気のせいだったのか？

いや、そんなはずはない。

俺は死んだんだ。

試しにギュッと拳を握ってみた。爪が皮膚に食いこむ痛さは、現実のものだ。

夏だというのに暑さは感じない、むしろ寒かった。だけど額には汗が浮かんでいるという異常さ。少し動くだけで動悸や息切れがしていたのに、ダルさや痛みのない健康そのものの体。サッカーをしていた頃みたいに、今にも走りだしたい気持ちに駆られる。

よくよくあたりを見渡せば、いつものベンチに誰かが座っているのが見えた。

なぜか引き寄せられるように自然と足がそこに向かう。

そして近くまで来た時、見覚えのある懐かしいシルエットにドキッとした。

まさか、ウソだろ。

だって、ありえない。

那知がいるなんて。会えるなんて。

なにがどうなってこうなったのか、まったくわからなかった。だけどそこにはたしかに、最後に会いたいと願った那知がいる。

信じられなくて、しばらくぼんやり見つめていた。

胸の奥から温かいものがあふれてくる感覚がする。俺はやっぱり、今でもまだ那知のことが……。

ただ会うだけでよかった。那知の姿をひと目見られるだけでいいって思ってたはずなのに、いざ会ったら今度は話してみたくなった。

話したらそれで最後にする。那知のことはきっぱり忘れよう。那知だって、俺に会いたくないかもしれない。イヤな顔をされたら、あやまって去ればいいだけだ。

そう心に決めて、俺は那知の隣に腰をおろした。

きっとこれは神様がくれた俺へのご褒美。

今までがんばってきた俺の願いを、最後に叶えてくれたんだ。

わからないことだらけだったけど、そう考えたらなぜか納得できた。

那知と話して知った新事実。記憶喪失になったなんて、マジかよ。

俺のことを覚えていない様子の那知に、なぜだか寂しさを覚えた。だけどこれでいい。

俺のことなんか忘れたほうが那知のためなんだ。

俺はこの世にいない存在。それを忘れるな。

そんな気持ちとは裏腹に、無邪気な那知の笑顔を見ていると、もう少しこのままでいたいと願う自分がどこかにいて。ダメだと思うのにドキドキしている俺がいる。

なんで夏祭りに誘ってんだよ。思い出をつくったって、ツラいだけだ。

そう思うのに、理性と行動はちぐはぐでコントロールができない。

今日が最後、これが最後。

そう心に誓っても、すぐにまた公園のひまわりの前に向かう俺がいた。

好きだって言われた時は、涙が出そうなほどうれしかった。

本当は俺だって……那知のことが。

そうやって、本音をさらけだしてしまいたかった。

でも、でもさ……。

俺がここで素直に自分の気持ちを打ち明けても、幸せにしてやることはできない。ずっと一緒にはいられないんだ。

ごめんな……那知。

できるならこの手で幸せにしたかった。

那知の幸せのためなら、潔く身を引くなんて言っておいて、今の俺は情けなさすぎる。

最後に逢いたいなんて願ったばっかりに、那知を苦しめることになってしまった。

こんなことを望んでいたわけじゃない。

ただひと目逢いたかっただけなんだ。

こんな俺が最後にできること。

それは那知の幸せを願うことだけだ。だから、俺のことは忘れて前に進んでほしい。

勝手でごめん。
でも俺は、那知の笑顔が好きなんだ。
最期に那知に逢えてよかった。
これで俺は悔いなく天国へ行ける。
だから、幸せになれよ。

それでも、きみが好き。

「は……っ」
うなされていたのか、目覚めは最悪だった。
びっしょり汗をかいていて全身が気持ち悪い。
あたりはオレンジ色に染まって、夕暮れ時だと教えてくれている。
さっきの夢はなに……？
病院に行こうとしていた途中で事故に遭って……。
それからあたしは記憶喪失になった。
寒くもなんともないのに、気づくと体が小さく震えていた。
遥希は病院にいたけど、退院したんだ。
だから公園にいた。
一緒にひまわりを見たし、夏祭りにだって行った。
だって、そうでしょ？
そうじゃなきゃおかしいよ。
『最期に那知に逢えてよかった』

『これで悔いなく天国へ行ける』

そんなこと、遥希が言うはずがない。

だって生きてるもん。

それなのに……なんで涙があふれてくるんだろう。

こんなに苦しいんだろう。

遥希がもうこの世にいないなんて……ウソだ。ウソに決まってる。

そんなの、ありえないんだから。

「……っく、うっ」

涙がとめどなくあふれて、頬を伝う。

どうして？

なんで？

泣きたくなんかないのに……っ。

ちゃんと息をしているはずなのに苦しくて、キツくかみしめた唇の隙間から嗚咽が漏れる。

悔いなく天国へ行けるって、最期ってどういうこと？

夢で見た遥希の寝室。あれも全部夢だ。

そうとしか考えられない。

ポタポタと頬を伝って落ちる涙。

体に力が入らない。
だけど必死に踏んばって、なんとか重い体を持ちあげた。
鉛のようにダルい足を一歩一歩前に動かし部屋を出る。
遥希は生きてる。
生きてるよ……。
だって会ったんだもん。
手をつないだんだよ？
だけど『悔いなく天国へ行ける』という言葉が頭から離れない。
ドクンドクンと鼓動が脈打って、とてつもなく嫌な予感がする。
気づくとあたしは、公園に向かって走り出していた。
会いたい。もう一度。
会って確かめたい。
お願いだから……もう一度だけ。
この目で見たら安心できる。
さっきの夢はまちがいだったんだって思える。
だからあたしは、必死に走ってひまわりの花壇の前までやってきた。
日が落ちかけて、あたりがだんだん薄暗くなっていく。
そんななか、ふとサッカーのグラウンドを見るとボールを蹴っている人影が見えた。

――ドキッ。

遥希だ。

遥希がいる。

真剣な表情でボールを蹴る姿は、一年前となにも変わってない。

思わず目の前のフェンスにしがみついて、遥希の姿を見つめる。

そして、大きく息を吸いこんだ。

「遥希ー！　がんばれー！」

遥希の真剣にボールを蹴る姿が好き。

遥希のまっすぐでひたむきなプレーが好き。

なによりもサッカーが大好きな遥希が、たまらなく好き。

「な、ち……？」

立ち止まり、戸惑いの表情を浮かべる遥希。

ビックリしているみたいだけど、あたしは構わずに再び大きく息を吸った。

「あたし、やっぱり遥希が好きー！　大好きー！　もう好きじゃないって言われたけど、あきらめられないよ……っ！」

届け。

「大好きだよー……っ！」

届け――。

あたしの気持ち全部、きみの心に届け。

「好き、だよ……っ」

どうしようもないくらい。

「那知……」

「大好きだよ……遥希」

だから、お願い。

きらいになったなんて言わないで。

ずっとそばにいて。お願いだよ……。

うつむいた瞬間、足音が聞こえて遥希の気配をすぐそばに感じた。

——ポンッ。

頭に乗せられた手のひら。

「俺も……っ」

切羽つまったようなその声に、目の前が涙でボヤける。

「好きだよ、那知のこと」

だったら、なんで。

そんなに苦しげな声をだすの？

泣きそうなの？

手が震えてるの？

「ずっと一緒にいようよ。約束……したじゃん。来年も……その先もずっとずっと、遥希と一緒にひまわりを見たいよ」

ずっと一緒にいたいんだ。

「ごめん……っ」

「どう、して……っ」

そんなこと言うの？

「那知と一緒にいられるのは、今日が最後なんだ」

「さい、ご……？」

胸が締めつけられてものすごく痛い。

「俺、病気だったんだ」

——ドクン。

「受験前にそれがわかって、入院して治療を始めた。那知と同じ高校に通いたかったから、あきらめずにがんばったんだ……」

背筋にヒヤリとした汗が伝った。

聞きたく、ない。

だって聞いたら、もう一緒にはいられないんでしょ？

そんなの、イヤだ。

でも逃げることなんてできなかった。

もう逃げたくなかった。

遥希からも、自分の気持ちからも。

「でも、中学の卒業式の日に余命宣告されて……夏までもたないって言われた」

「ウソ、だ……っ」

そんなの、ウソに決まってる。

ねぇ、そうだよね？　お願いだから、ウソだと言って。

体が小刻みに震える。

「那知が知ったら……泣くだろうなって。俺のせいで泣いてほしくなかった。那知の笑顔を守りたくて、俺は――」

そこまで言うと、遥希は悔しそうに唇をかみしめた。

「俺は……」

うつむいた遥希は手で目もとをぬぐう。

それを見て、あたしの頬にも涙が流れた。

優しい遥希のことだから、あたしの幸せを願って身を引いたんだ。

言わずとも、それがわかってしまった。

「俺は、那知の幸せを願ってる」

「……っ」

「俺のことは忘れて……幸せになれ」

「ムリ、だよ……っ」

だって、こんなにも遥希が好きなんだよ？

忘れられるわけないじゃん。

「俺のことを想って泣いてんじゃねーよ」

「だ、だってっ」

「じゃないと……安心して向こうにいけないだろ？」

顔を上げた遥希の目から涙がこぼれた。

薄暗いからあまりよくわからないけど、その表情は悲しげにゆがんでいる。

「そんなこと……言わないでよ。だって、こうして一緒にいるんだからっ……」

いなくなるなんて冗談でしょ？

向こうにいくなんて、言わないでよ。

「ごめん……。けど、俺はもうこの世にいない人間なんだ」

「そんなの……」

「ウソじゃない。死ぬ間際にもう一度、那知に会いたいって願ったんだ。そしたら、なぜかひまわりの花壇の前にいて……那知に会えた」

「……っく」

イヤだ。

イヤだよ、遥希。

「最後に……俺のことなんか早く忘れろって伝えたかったんだ」

涙が止まらなかった。

次から次へとあふれて、頬を伝って落ちていく。

「俺を想って泣くのは今日が最後な」

そう言いながら、流れ落ちる涙を指で何度も何度もぬぐってくれた。

遥希の指先はビックリするほど冷たくて、もうすぐいなくなってしまうということをリアルに実感する。

「好き……っ！　好き、だよ」

神様はなんてイジワルなんだろう。

どうして遥希を連れていっちゃうの？

なんで遥希だったの？

なにをしたっていうの？

遥希から未来を奪うなんてあんまりだ。

「ごめんな……マジで。ほんとにごめん……っ」

遥希に腕をつかまれて引き寄せられ、ギュッとキツく抱きしめられた。

耳もとで「ごめん」と繰り返す遥希のツラそうな声を聞いていたら、それ以上なにも言えなくなって。

ただただ、あたしは遥希の体をギュッと抱きしめ返すことしかできなかった。

遥希が悪いわけじゃない。

あやまってほしいわけじゃない。

いなくなることを受け入れられない。

受け入れたくないんだよ。

ずっと一緒にいたかった。

好きだよ。

大好きだよ。

でも、言えば言うほどきみを苦しめることになるのなら——。

「遥希は……あたしといて、幸せだった？」

あふれる涙をこらえながら思いきって遥希に問いかける。

「当たり前だろ。那知に出会えてよかったたって思ってる。ずっと一緒にいてやれなくてごめん……っ。幸せにできなくて、ごめん」

「ありがとう。だからもう……あやまらないで。あたしも……一緒にいられて幸せだったよ」

「これからは……空から那知の幸せを見守ってるから」

「……っ」

遥希のことを忘れられるはずなんてない。

遥希なしの幸せなんて考えられないけど、今は言わない。

「今までありがとな」

遥希の言葉はどうしようもなく切なく、そして、リアルに胸に響いた。

もう本当にお別れなんだ……。

もう二度と会えないの？

まっ暗闇の中、キラキラと光をまとう遥希の体。

次第に透明度を増して、うしろの景色が透けて見え始めた。

「那知、またな」

「うっ……ひっく」

「またいつか逢えるから。だから、その時まで涙はガマンしてろ」

遥希はもう泣いてはいなくて、満面の笑みであたしを見下ろしている。

煌々《こうこう》と輝いて幻想的な光景。

だけど、その現実はあまりにも残酷すぎる。

遥希は消えようとしている。

最期くらい笑って見送りたいのに、ワナワナと震える唇がそうさせてくれない。

抱きしめられていた感触がフッと消えて、体が軽くなった。

それと同時に、抱きしめていたはずの遥希の体の感触がなくなる。

「幸せになれよ。ずっと見守ってるから」

「遥希……っ！」

「じゃあ、またな」

その言葉と優しい笑顔を残して、遥希は跡形もなく消え去った。

そして、あたりは暗闇に覆われた。

「ひっく……っ」

遥希。

遥希――。

全身の力が抜けてその場に崩れ落ちた。

頬を伝う涙をぬぐう気になれない。

もう会えない。

もう、いない。

どれだけ願っても、遥希は戻ってこない。

ツラい。

苦しい……。

「那知っ！」

暗闇の中、あたしの名前を叫ぶ声が聞こえた。

顔を上げることができずにいると、走り寄ってきて顔をのぞきこまれる。

そこには眉を下げた心配顔のこてっちゃんがいた。

「なんなんだよ、さっきの光。おまえ、こんなところでなにやって――」

「遥希が……遥希が……っく」

「工藤がどうしたんだよ……？」

「空に……いっちゃった……っ」

こてっちゃんの前で子どもみたいにワンワン泣いた。

もうムリ。

もうダメ。

「あたし、も……遥希のそばに、いきたい……っ」

そしたら、ずっと一緒にいられる。

こんなにツラい思いをせずにすむんだ。楽になれるんだよ。

「んなこと……誰がさせるかよっ！」

力強い言葉と共に、勢いよく抱きしめられた。

「……っ」

「そんなことしたって、工藤はよろこばねーんだよ」

「うぅっ、ひっく……」

「那知はひとりじゃねーだろ？　ツラいなら、俺がそばにいてやるから」

「……っ」

「ずっとそばでおまえを見守ってるやつの気持ちも考えろ」

こてっちゃんの力強い言葉に、なにも言い返すことができない。

涙はいつまでも止まらなくて、とめどなくあふれてくる。

大切な人を失った悲しみに、体と心が震えている。そんなあたしの体をこてっちゃんは力いっぱい包みこんでくれているけど、傷口は癒えるどころか広がっていく一方。

「今は思いっきり泣け。悲しみは時間が解決してくれる」

「……っく」

遥希。

ねぇ、いなくなったなんてウソでしょ。

信じられないよ。

ねぇ、遥希……。

なんで最期に笑っていたの？

苦しかったはずなのに、どうして？

遥希とのいろんな思い出が頭の中によみがえって、どうしようもないほど胸が痛くなった。

こんな時に思い出すきみの笑顔。

やわらかく笑うきみの笑顔が好きだった。

大好きだった。

もう二度と遥希の笑顔を見ることはできない。

声を聞くことも、手をつなぐことも、照れた顔を見ることも、一緒にひまわりを見ることも——。

もう二度とできない。会えなくなるってそういうことだ。

遥希に会えなくなったら、生きてる意味なんてあるのかな。

きっと……ない。遥希がいなきゃ、生きてる意味なんてない。


それから五日。

八月も最後の週に突入して、夏の終わりが近づいてきた。

毎日遥希のことが頭から離れなくて、涙が止まらない。おまけにごはんも喉を通らなくなって、夜も眠れなくなった。

胸にぽっかり空いた言いようのない喪失感が、あたしの中の感情という感情を奪っていく。もう全部がどうでもいい、そんな気分だった。

「那知、小鉄くんが来てるわよ」

ドア越しに聞こえるママの声をスルーして、タオルケットをすっぽりかぶって寝返りを打った。

もうあたしに構わないで。

放っておいてよ。

今は誰にも会いたくないんだって。

小さく息を吐きだすと、またジワッと涙がにじんだ。

どれだけ泣いても枯れることのない涙。

――コンコン。

「那知、入るぞ」

低い声とともに開いた部屋のドア。

タオルケットを持つ手にギュッと力をこめて、さらに肩を小さくして身を縮める。

「飯食ってねーんだって？」

わかってる、心配してくれているんだってことは。

「みんな心配してんぞ。工藤だって、今の那知を見たら悲しむだろ」

「こてっちゃんに……っなにが、わかるの」

あたしの気持ちなんて誰にもわからない。

大好きだった、大切だった。遥希さえいればなにもいらない。

そんなふうに想っていた人を失った悲しみなんて、絶対にわからない。

目から涙がこぼれ落ち、タオルケットでそっとふいた。

「俺だって……っ、俺だってツラいんだ。一緒にサッカーしようって約束してたのに、突然いなくなったなんて信じられるかよ……病気だってこと、知らなかった。そしたら、今度は那知が事故に巻きこまれたって……心臓が止まるかと思った」

勢いよく話していた声が次第に弱々しくなっていく。

初めて語られるこてっちゃんの本音に、胸の奥がキュッと縮みあがる感覚がした。

「目覚めたと思ったら記憶喪失になってるから、心配でほっとけねーし……っ」

しばらくすると、ズズッと鼻をすする音が聞こえてきた。

こてっちゃんは今までずっと苦しんできたのかな。

苦しくてもムリしてあたしの前では笑ってくれていたの？

ツラいのはあたしだけじゃない。みんな同じなんだ。

それなのにあたしは自分のことしか考えられなかった。

弱ってるあたしのそばに寄り添って、励ましてくれたこてっちゃんのことなんて全然頭になかったよ。

「ごめん……っ、ごめん、ね」

いつだってあたしは自分のことばっかりで、こてっちゃんの優しさに甘えていた。

「あたし……っ、強く、なるから……っ」

時間がかかるかもしれないけど、前を向いてみせる。

すぐにはムリだけど、いつか必ず。

だから今この瞬間だけは――。

遥希を想って泣かせてほしい。

いろいろあったけど、あたしは――。

それでも、きみが好きだった。

目を閉じると、大好きだった遥希の笑顔が脳裏《のうり》に浮かんだ。

エピローグ

一年後――。

――ミーンミンミンミンミン。

セミの鳴き声が響くなか、ひまわりの花壇の前にやってきた。

今年も猛暑になるようで、ニュース番組では熱中症対策の特集をよく目にする。

あたしは木陰のベンチに座って、スマホのパスコードを打ちこんだ。

昔から変わっていないパスコードは、遥希とつきあった日のまま。

『治療がツライ。苦しい。こんなんで本当に治るのかよ？　けど今は信じるしかない。春になれば那知と同じ高校に行く。それまでには絶対治してみせる。がんばろう』

『あーサッカーしたいな。サッカーといえば稲葉だな。アイツと同じチームでプレーしたら楽しい気がする。よし、やる気がわいてきた。まだがんばれる』

『やっと受験が終わった。疲れた。あー早く那知に会いたい』

『日に日に体力がなくなっていく。こうしてスマホのメモに文字を打つことさえツラい。俺、本当に大丈夫なのか？』

『なんで……俺なんだよ。夏までって、なんなんだよ！』

『本当は別れたくなかった。ツラかった。ごめんな。傷つけてマジでごめん。けど、俺のせいで泣かせるのはイヤなんだ。だから俺のことは忘れて幸せになれ。那知のためなら、悪者になってやる』

『なーんて、カッコつけやがって。まだ未練たらしく引きずってる。情けねーな、マジで。俺のことは忘れて高校生活楽しんでるか？　那知が笑っていてくれたら、それでいい』

『そろそろダメかもしれない。もしも願いが叶うなら、最後に……もう一度だけ会いたかった』

これは遥希がスマホのメモに残してあったのを、お願いして転送してもらったもの。
遥希の家にお線香をあげにいった時、お母さんが見せてくれたんだ。

最後の最期まで、あたしを想ってくれていた証拠。

あたしの中には、遥希の存在が変わらずに大きく残っている。

思い出すとツラくて寂しくなることもあるけど、遥希のそばにいきたいとは思わなくなった。

時間が解決してくれるって、ほんとだったんだって今になったら思える。


「やっぱりここにいたのかよ」

「こてっちゃん」

「宿題一緒にやろうっつってるのに、いねーんだもんな」

「ごめんごめん、忘れてたわけじゃないよ？」

てへっとかわいく笑ってみせる。

「そ、そんなんで許されると思うなよっ」

「えー！　なんだか、顔赤くなーい？」

「あ、赤くねーよ！」

「あは、ムキになってる！」

遥希、見てる？

思い出して泣いてしまうことも時々あるけれど。

前よりうまく笑えるようになったよ。

周りの人たちに支えられて、あたしはなんとかやってます。

遥希はどう？

元気にしてる？

空を見上げると太陽の光がまぶしくて、思わず目を細めた。

今年もひまわりが元気に咲いたよ。

見てるよね？

来年も再来年も、ひまわりが咲く季節になったらここに来よう。

そのたびに思い出すの。

遥希と過ごした日々を。

「那知」

「んー？」

「来年も再来年も……その先もずっと、俺も一緒に来ていい？」

「え？」

生温い風が通り抜けて、あたしとこてっちゃんの髪を揺らす。

木々の葉がざわざわと音を立てた。

なぜかこてっちゃんの顔はまっ赤で、照れたように視線を泳がせながらあたしを見ている。

「ずっと那知のそばにいたい」

「え、えーと……心配性だね、相変わらず」

「バカ、そんな意味じゃねーよ……」

「じゃあ、どんな——」

——グイッ。

「わ、ちょっ……」

突然ひっぱられて、体勢を崩す。

そしてあっという間にこてっちゃんの腕に包まれた。

「いい加減、気づけよ」

「な、なに言ってんの……っ、ふざけないで」

「ふざけてねーし。俺の気持ち、わかってんだろ？」

「……っ」

ど、どうしよう……。

力強くギュッと抱きしめてくる腕にあらがえない。

はっきり言われたわけじゃない。

でも、きっとこてっちゃんはあたしのことを……。

あたしは今までこてっちゃんのことを幼なじみとしてしか見られなかった。

正直、今だって……。

その時——。

手にしていたスマホがブルッと震えた。

「と、とにかく……離して」

「イヤだ」

「こてっちゃん……」

「ち、わかったよ」

なぜかドキドキと高鳴る鼓動。

違う。

絶対違う。

こてっちゃんにドキドキするなんて、ありえない。

あたしはまだ遥希のことが……。

動揺を隠すようにスマホに視線を落とすと——。

『稲葉なら許してやるよ』

「え……？」

思わず目をパチクリさせる。

こ、これはいったい……。

わけがわからなくて凝視していると、すぐさま再びスマホが震えた。

『だから、幸せになれ』

「遥希……？」

遥希なの？

あたりを見回してみたけど、どこにも姿は見えない。

風がサーッと吹いて、花壇に植えられたひまわりがそよそよ揺れているだけだった。

あたしの幸せを願ってくれてるの……？

ありがとう。

ありがとう……。

遥希に出会えてよかった。

これからも忘れることはないけど、いつかまたきみと同じくらい好きになれる人が現れたら。

その時は絶対に幸せになってみせるよ。

だから、どうか――。

見守っていてね。

今でも大好きです。

《f・i・n》

あとがき

こんにちは、miNatoと申します。

まず初めにこの本を手にしてくださり、ありがとうございます。

本作は初の書き下ろし作品で、ほんとに自分に書けるのかという不安がすごく大きかったのですが、紆余曲折《うよきょくせつ》しながらも、なんとか完結を迎えることができました。

お気づきの方もいらっしゃるのではないかと思いますが、この作品の主人公はかつて私の作品に登場していた主人公の子どもの物語です。どの作品なのかは、ぜひ探してみてくださいね。ヒントはこれまでの書籍化作品の中にあります！

鈍感で素直で純粋な主人公の那知と、優しくて爽やかな王子様系の遥希の恋はいかがでしたでしょうか？

まっすぐすぎるほどまっすぐな那知は、一途に遥希にぶつかっていました。思ったことをズバズバ言ったり、行動に移せる那知は私の憧れをぎゅっと詰めこんだ女の子です。

そして遥希は漫画に出てくるような爽やか系の王子様をイメージしながら書きました。

そして幼なじみのこてっちゃん。私個人の意見としては、報《むく》われない恋をしつつも、主人公の恋を応援する健気なこてっちゃんがタイプです！笑。なので、こてっちゃんと那知のかけあいを書いてる時はすごく楽しかったです。

意外にも独占欲が強い遥希と那知のやりとりも、ドキドキしながら書いていました。たくさんの思い出を共有して、いろんな経験をしながら絆を深めていくふたり。ラストはハッピーエンドではなかったけど、ふたりの恋をドキドキハラハラしながら読んでいただけていたらうれしいです。

人生は予想だにしないことばかりで、なにが起こるかなんて誰にもわかりません。ツラいことがあっても、苦しくても、それを乗りこえて生きていくしかないのです。落ちこんでもいいし、泣いてもいい、上を向けなくたって、ふさぎこんだっていい。落ちることも必要なのです。

那知もそうだったように、生きていればいつかは絶対に上を向ける時がきます。

この作品がみなさまに強さや勇気、希望を与えるきっかけになれれば、それ以上のことはありません。

最後になりましたが、この本の出版に携わってくださった担当の長井さん、そしてスターツ出版の皆さま、本当にありがとうございました。

そしてここまで読んでくださった読者の皆さまにも、心より感謝いたします。

二〇一七年十月二十五日　miNato

m・iNato先生へのファンレター宛先

〒104－0031　東京都中央区京橋1－3－1　八重洲口大栄ビル7F
スターツ出版(株)　書籍編集部気付　m・iNato先生

この物語はフィクションです。
実在の人物、団体等とは一切関係がありません。

もしも願いが叶うなら、もう一度だけきみに逢いたくて。

2017年10月25日　初版第1刷発行
2020年5月30日　第5刷発行

著　者　miNato

発行人　菊地修一

発行所　スターツ出版株式会社
〒104-0031
東京都中央区京橋1-3-1 八重洲口大栄ビル7F
出版マーケティンググループ TEL 03-6202-0386
(ご注文等に関するお問い合わせ)
https://starts-pub.jp/

印刷所　株式会社　光邦
Printed in Japan

DTP　久保田祐子

編　集　長井泉

編集協力　ミケハラ編集室

ISBN978-4-8137-9013-6　C0095

スターツ出版　好評の既刊

『早く俺を、好きになれ。』miNato《ミナト》・著

高２の咲彩は同じクラスの武富君が好き。彼女がいると知りながらも諦めることができず、切ない片想いをしていた咲彩だけど、ある日、隣の席の虎ちゃんから告白をされて驚く。バスケ部エースの虎ちゃんは、見た目はチャラいけど意外とマジメ。昔から仲のいい友達で、お互いに意識なんてしてないと思っていたから、戸惑いを隠せず、ぎくしゃくするようになってしまって…。

ISBN978-4-8137-0308-2
文庫判・並製・384 頁・定価：本体 600 円＋税

『ずっと、キミが好きでした。』miNato《ミナト》・著

中３のしずくは幼なじみの怜音が好き。左耳が聴こえない怜音だけど、優しい彼といる時間がしずくは大好きだった。卒業直前のある日、怜音から思いがけず告白されて喜ぶしずく。でも、翌日から怜音は学校を休むように。すれちがったまま迎えた卒業式、返事をしようとしたしずくを、怜音は涙ながらに「ごめん」と拒絶、そのままふたりは離れ離れに…。

ISBN978-4-8137-0200-9
文庫判・並製・360 頁・定価：本体 590 円＋税

『だから、好きだって言ってんだよ』miNato《ミナト》・著

高校生になったら王子様みたいな人と付き合うと決めていた愛梨。そんな愛梨に告白したのは、小学校からの男友達の陽平だった！　背が高くてモテる陽平は愛梨にだけはイジワルばかり。なのにどうして？友達以上に思えなかった愛梨も、気づいたら彼に惹かれていて…。近すぎて素直になれないふたりのジレ甘ラブストーリー！

ISBN978-4-8137-0123-1
文庫判・並製・320 頁・定価：本体 580 円＋税

『だって、キミが好きだから。』miNato《ミナト》・著

高１の菜花は、ある日桜の木の下で学年一人気者の琉衣斗に告白される。しかし、菜花は脳にある腫瘍が原因で日ごとに記憶を失いつつあった。そんな自分には恋をする資格はない、と琉衣斗をふる菜花。それでも優しい琉衣斗に次第に惹かれていって…。大人気作家・miNato が贈る、号泣必至のラブストーリー！

ISBN978-4-8137-0076-0
文庫判・並製・360 頁・定価：本体 590 円＋税

スターツ出版　好評の既刊

『この夢がさめても、君のことが好きで、好きで。』　小春《こはる》りん・著

鎌倉の高校に通う七海は、あることが原因で、人前で大好きなピアノを弾けなくなった。高校に入学してからは、誰も寄りつかない“第三音楽室”でこっそりピアノを弾くことが日課。しかし、いつ間にか現れた“ユイ”と名乗る男子に、「君のピアノ、好きだよ」と言われ、彼のためにピアノを弾くことに。それ以来、“第三音楽室”はふたりにとって大切な場所になる。だけど、ユイは切なすぎる秘密を抱えていた——。

ISBN978-4-8137-9010-5
B6判・並製・344頁・定価：本体1200円＋税

『春、さくら、君を想うナミダ。』　白《しろ》いゆき・著

父親の転勤で田舎町に引っ越してきたさくらは、高校の入学式でハルと出逢う。ある事情からひとりで過ごすことが多かったさくらは、ハルの優しさに触れ惹かれていく。お互いに想いを伝え合うが、学校で目立つことを嫌うさくらのために、まわりには内緒で付き合うことになった。しかし、ハルと一緒にいるところをクラスメイトに目撃され、元々うまくいっていなかった友だち関係がさらに悪化。いじめがエスカレートするようになる。再びひとりぼっちになったさくらは、あることを決意するが…。

ISBN978-4-8137-9008-2
B6判・並製・256頁・定価：本体1100円＋税

『君の世界からわたしが消えても。』　羽衣音《はいね》ミカ・著

双子の姉・美月の恋人・奏汰に片想いする高校生の葉月は、自分の気持ちを押し殺し、ふたりを応援する。しかし、美月と奏汰は事故に遭い、美月は亡くなり、奏汰は昏睡状態に陥った——。その後、奏汰は目覚めるが、美月以外の記憶を失っていて、葉月を“美月”と呼んだ。葉月は、奏汰のために美月のフリをすることを決めたけど——。

ISBN978-4-8137-9007-5
B6判・並製・256頁・定価：本体1200円＋税

『ラスト・ゲーム』　かな・著

高2の元也は、最後の試合を目前に控えたバスケ部部長。バスケ一色の毎日を送っている。女バス部長の麻子とは、なんとなく意識し合う間柄だった。ある日、麻子のことがきっかけで、大好きな父親にはじめて反抗的な態度をとってしまう。翌日、父親は事故で帰らぬ人となり…。絶望から元也を救ってくれるのは、いったい誰…？

ISBN978-4-8137-9006-8
四六判・並製・264頁・定価：本体1100円＋税

書店店頭にご希望の本がない場合は、
書店にてご注文いただけます。